키키와 순임의 대모험
The Great adventure of Kiki & Soonim 上

글/그림 김일동

KB192401

P. 프로방스

누구나 자신의 마음속에는 어떠한 '이끌림'이 존재합니다. 내가 이 세상에 존재하고 있다는 가장 분명한 이유이겠지요. 보이지도 만져지지도 않지만, 우리는 이것을 느낄 수 있기에 내가 바라보는 시선과 방법대로 나아가고 있는 것입니다.

또한 조금만 생각을 해본다면, 오늘을 살아가고 미래를 꿈꾸며 일어나는 주변의 모든 관계들과 상황들 속에서 이 이끌림에 대한 단서들이 함께 존재하고 있다는 것을 알 수도 있습니다.

내 마음속에는 어떠한 이끌림이 존재하고 있는 것일까요?

키키와 순임의 대모험에 당신을 초대합니다.

The Great adventure of Kiki and Soonim

키키와 순임의 대모험(上)

Copyright ©Kim il-dong, 2022
Publishing copyright ©PROVENCE Publishing Co., Ltd., Goyang, 2022

무어라 단정 지어 금방 대답하기가 쉽진 않겠지만, 분명한 것은 그곳에 다가가려고 하는 간절한 바람만큼이나 반짝이는 눈빛은 모두에게 드러나게 되겠지요.

만약 나의 이러한 모습에 진정성을 느끼고 공감해 주는 이가 나타난다면 세상에서 둘도 없는 단짝 친구를 얻게 될 것이며, 목표가 같은 사람들은 든든한 동료들로서 함께 동행을 하게 될 것입니다. 이를 알아보는 어떤 이는 내가 향하는 여정의 길목에서 찬사와 응원을 보낼 것입니다.

하지만 이러한 이끌림의 영향력을 그릇되게 받아들이는 또 다른 누군가에 의해서는 욕심의 목적으로, 또는 탐욕을 채울 기회로 작용할 수도 있을 것입니다. 때로는 이

러한 여파로 가고자 하는 길목에서 비난과 야유가 쏟아
질 수도 있습니다.

이 이야기의 주인공 악어 키키는 자신만의 이끌림에
대한 확신이 가득합니다. 이것을 제일 먼저 알아본 악어
새 순임은 키키의 반짝이는 눈빛을 통해 함께 공감하며
그의 단짝이 되었습니다.

이렇게 시작된 둘만의 여정에서 만난 여러 인연들은
키키의 이끌림에 대한 영향력으로 각기 다른 여러 모습
으로 존재하며 등장하게 됩니다. 이 같은 상황들은 키키
에게 긍정적일 수도, 때로는 그 반대가 될 수도 있겠지만,
이 모든 경험들을 통해 키키는 조금씩 자신이 느끼는 이
이끌림의 실체 가까이 접근해 갈 수가 있게 됩니다.

키키와 순임이 떠나는 대모험의 어느 순간처럼 세상 누구든지 자신의 이끌림을 따라가는 긴 여정 속의 지금 이 순간, 오늘을 살아가고 있습니다. 그리고 이 속에서 펼쳐지게 된 주변 모습들 모두가 나만의 이끌림을 통해 세상에 존재하게 되었다는 것 역시 분명한 사실입니다.

키키와 순임이 향하는 여정, 그렇게 등장하게 되는 모든 인물들과 함께하는 이 대모험을 통해 여러분들의 삶 속 이끌림이 무엇을 의미하는지를 엿볼 수 있는 기회가 되지 않을까 하는 저자의 작은 바람을 담아봅니다.

2022년의 어느 가을 새벽 김일동 작가

차 례

a very, very deep jungle...

아주아주 깊은 밀림속 작은강가에는

Crocodile "Kiki"

악어 키키와

Crocodile bird "Soonim"

악어새 순임이 살고 있습니다.

1

키키와 순임의 만남

This Story is the adventure of a kiki,
dreamimg and afriend Soonim's
who believes in his dream

이 이야기는 꿈을 가진 키키와 그 꿈을
믿어주는 친구 순임의
모험담입니다.

일상

아주아주 깊은 밀림 속 작은 강가에서 악어 키키는 늘 낚시를 하고 있습니다.

키키의 낚싯대에는 바늘이 없습니다. 그냥 물고기 먹이용 떡밥만이 매달려 있습니다. 물고기들은 지나가면서 키키를 보고 비웃으며 떡밥을 한입씩 베어 먹고는 다시 가버립니다. 키키는 이러한 물고기들의 모습에 크게 아랑곳하지 않고 떡밥이 다 녹으면 다시 새로운 떡밥으로 갈아 끼웁니다.

하루가 지나고 이틀이 지났습니다. 이렇게 시간은 며칠이나 흘렀습니다. 여전히 키키는 바늘 없는 낚시를 반복합니다.

키키가 낚시하는 자리 뒤로는 작은 야자나무 한 그루가 있습니다.

햇살이 눈 부신 날이면 키키는 그 그늘 밑에 쉬기도 하고 비가 오는 날에도 역시 나무 밑으로 비를 피합니다. 잠이 오면 나무에 기대거나 나무 기둥을 옆에 두고 잠을 자기도 합니다. 그러고는 다시 일어나서 낚시를 계속합니다.

비가 오고 햇볕이 내리쬐는, 무더운 날이 지나가고 어느덧 한 해가 다 지나갑니다.

야자나무도 훌쩍 커버렸습니다. 커버린 야자나무 꼭대기에는 언제부터인가 작은 새 둥지 하나가 생겼는데, 거기에는 악어새 순임이 살고 있습니다.

순임은 야자나무 꼭대기에서 낚시하는 키키의 모습을 매일매일 바라보고 있습니다.

키키가 낚시를 하다 잠이 들면 순임이는 나무에서 내려와 키키에게로 조용히 다가갑니다. 키키는 항상 입을 떡 벌리고 잠을 잡니다. 이때 순임은 키키의 입속으로 조심히 들어가 자신의 뾰족한 부리로 이빨 사이에 낀 음식물 찌꺼기를 집어먹습니다. 이렇게 식사를 마친 순임은 다시 자신의 둥지로 돌아갑니다.

"하암~~~"

키키가 잠에서 깨어나 크게 한번 하품을 합니다. 잠든 사이 자신의 입속에서 무슨 일 있었는지를 아는지 모르는지 한결 개운해진 혀를 한 번 돌리고 쩝쩝거려 봅니다. 이번에는 무언가 갸우뚱거리는 표정을 짓다가 야자나무 위쪽의 둥지를 바라봅니다.

'음…'

그러고는 곧 다시 낚시를 시작합니다.

키키는 바늘 없는 낚시를 반복하고, 순임은 키키가 잠들었을 때 식사하는 이러한 일상은 어느덧 몇 년이나 흘렀습니다.

특별한 날

어느 날, 순임은 잠자고 있는 키키의 입속에서 식사를
하고 있었는데 특별한 것을 발견하게 되었습니다.

"와~~!"

그것은 바로 네잎클로버였습니다.

순임은 자신의 일생에서 네잎클로버를 처음으로 발견
하게 된 것입니다. 이것이 신기하여 이리저리 몇 번이고
바라봅니다. 그리고 야자나무 맨 꼭대기 자신의 둥지에

가져다 놓습니다. 네잎클로버를 가져다 놓으니 둥지의 분위기가 한층 근사해졌습니다. 그때부터 순임은 계속해서 네잎클로버를 바라봅니다. 무엇인가 행운이 자신에게 찾아올 것만 같았습니다. 왠지 모르게 기쁘고 설레기까지 했습니다.

이때부터 순임은 낚시하는 키키의 모습을 더욱더 관심 있게 바라보게 되었습니다. 자신에게 네잎클로버를 안겨다 준 키키에게 남모를 애착이 생겼습니다. 처음으로 여태까지 몰랐던 새로운 사실도 알게 되었습니다. 바로 키키의 낚싯대에는 바늘이 매달려 있지 않다는 사실입니다. 순임은 궁금해졌습니다.

'왜 저렇게 무의미한 낚시를 계속하는 것일까...?'

호기심이 생긴 순임은 더 자세히 관찰하기 시작했습니다. 키키에게는 시간이 지날수록 점점 더 많은 물고기들이 몰려왔습니다. 바늘이 없는 낚시는 물고기들에게 밥을 주는 것이나 마찬가지였기 때문입니다. 물고기들은 강가를 누비다가 배가 고프면 언제든 키키를 찾아왔습니다.

순임은 키키가 더욱 궁금해졌습니다.

어느 날 키키의 입속에서 식사를 다 마친 순임은 둥지 위로 올라가지 않고 키키가 잠이 깨기를 기다렸습니다. 더는 궁금해서 참을 수가 없었기 때문입니다. 그런데 오늘은 평소보다 키키가 유난히 오랫동안 잠을 잡니다.

아직 잠에서 깨지 않은 키키를, 순임이 소심하게 불러봅니다.

"이봐요~ 이봐요, 악어."

키키는 순임의 소리를 못 듣고 계속해서 잠을 잡니다.
순임은 이번에는 발로 키키의 코를 누르면서 더 세게 깨워봅니다.

"이봐요~! 악어! 악어 선생!"

키키가 슬며시 눈을 떴을 때 흐린 초점으로 악어새 순임이 보입니다.

하품을 한번 하고 기지개를 켜는 키키, 습관처럼 입을 몇 번 쩝쩝거리다가 순임을 한 번 쳐다봅니다. 순임의 부리에는 키키의 입에서 먹다 남은 음식물이 아직 묻어있습니다. 키키가 말을 건넵니다.

"항상 자고 나면 입안이 개운한 이유가 그쪽 때문이었군요... 하하."

순임이 수줍은 듯 자신의 깃털로 부리를 닦고 있는데, 키키가 물었습니다.

"혹시 내가 잠자고 있는 동안 연어가 나타나지 않았나요?"

"연어? 무슨 연어를 말하는 거죠? 낚싯대 쪽을 보고 있지 않아서 잘 모르겠어요."

순임의 대답에 키키는 고개를 끄덕이더니 강가로 가 다시 낚시를 시작합니다. 순임은 뜬금없는 키키의 질문 이 더욱 궁금해져 키키의 옆으로 바짝 다가가 낚싯대를 주의 깊게 살펴봅니다.

순임에게 키키가 말합니다.

"혹시 내가 잠이 들었을 때 연어를 발견한다면 다급히 나를 깨워 주세요! 아, 그리고 항상 내 입속을 청소해 줘 서 고마워요. 오늘에야 이 사실을 알았네요."

순임은 날개를 퍼덕거리며 낮게 날더니 키키가 잡고 있는 낚싯대 끝에 앉아 키키의 얼굴을 정면으로 쳐다보 고 말했습니다.

"나는 순임이라고 해요. 당신 뒤 야자수 꼭대기 둥지에 살고 있죠. 오랫동안 당신을 지켜봤는데, 왜 늘 당신은 바늘도 없이 낚시질을 하는 거죠? 이유가 뭐예요? 너무너무 궁금해요. 저한테 알려주시면 안 되나요?"

키키는 못 들은 척 대답이 없습니다.

순임은 더욱 궁금해져서 다시 물었습니다.

"혹시 아까 물었던 연어와 관련이 있는 건가요?"

순간 키키의 눈동자가 흔들렸습니다. 순임은 키키의 흔들리는 눈동자를 포착하더니 강 위를 낮게 날아서 크게 뱅글뱅글 돌다가 강가가 이어지는 쪽으로 멀리까지 날아가더니 재빠르게 다시 와서 키키의 낚싯대 끝에 앉았습니다.

"이봐요. 나는 이렇게 순식간에 강가 구석구석을 바라

볼 수 있어요. 당신이 연어건 무엇이건 찾고 있다면 내가 틀림없이 도움이 될 거예요. 그러니 몇 년이 지나도록 이런 의미 없는 낚시를 하는 이유를 알려주세요, 네?"

키키의 눈에 갑자기 생기가 돌았습니다. 그러고는 들고 있던 낚싯대를 받침대에 얹어 놓고는 주위를 한번 살핀 후 순임에게 말했습니다.

"인사가 좀 늦었네요. 나는 키키라고 해요. 여기서는 곤란하니 이리 따라와 봐요."

하면서 순임을 야자나무 뒤쪽에 강가와 조금 떨어진 곳으로 데리고 갑니다. 순임은 호기심에 가득 차서 키키를 따라갔습니다.

키키의 보물선

키키가 드디어 말문을 열었습니다.

"그런데 내가 이 모든 이유를 말해 주어도 순임 씨는 아마도 안 믿거나 나를 비웃을 거예요. 실망할 수도 있어요. 그래도 이야기 해 줄까요…?"

순임은 고개를 저으며 말했습니다.

"그럴 리가요. 왜냐하면 키키가 이렇게 오랫동안 낚시를 할 수 있었던 것은 무언가 분명한 확신이 있기 때문일 거예요. 사실 나는 오랫동안 키키를 계속 관찰하고 있었어요. 무언가 설명할 순 없지만 키키에게서는 행운이 느껴져요!"

순임의 말에 키키는 잠깐 생각에 잠기더니 곧 고개를 돌려 순임의 진지한 표정을 한번 바라봅니다. 그리고 순임의 귀에다 대고 작은 목소리로 말했습니다.

"사실 나는 바다에서 거꾸로 넘어오는 연어를 기다리고 있어요."

순임은 바로 되물었습니다.

"그게 바늘 없는 낚싯대하고 무슨 상관이 있는 거죠?"

"바늘 없이 낚시하는 것은 많은 물고기들에게 먹잇감이 있다는 소문을 내기 위해서예요. 순임 씨도 알겠지만 이미 많은 물고기들이 몰려든 것을 보았을 거예요."

순임은 키키의 말에 고개를 끄덕였습니다.

"이러다가 소문을 듣고 배고픈 연어가 나타나게 된다면 나는 연어에게 물어볼 것이 있어요."

순임은 키키의 이야기가 자꾸만 더 궁금해졌습니다.

"어떤 것을요?"

키키는 자리에서 일어나서 이야기를 이어갔습니다. 키키의 눈망울이 빛나기 시작했습니다.

"연어를 만나면 보물선에 대한 단서를 얻을 수가 있을 거예요."

"보물선요…?!"

✤ ✤ ✤

"사실 나는 꿈속 동굴 같은 곳에서 엄청난 보물선을 발견했어요. 황금으로 만든 장신구들과 보석들 그리고 아름다운 공예품들과 칼 방패 등의 무기들로 가득한 보물선이죠. 너무나 멋있고 눈이 부셔서 그 모습들을 잊을 수가 없어요."

"그곳은 파도소리가 들리고, 바닥은 바닷물로 젖어 있었어요. 작은 웅덩이도 보였는데 거기에 바닷물이 고여 있었고 연어 한 마리가 보였어요.

그 연어가 말하길,

"이곳은 동굴 같아 보이지만 사실 아주 큰 고래의 배 속이오. 나는 알을 낳기 위해 강가로 가는 길이었소. 그런데 순식간에 이 큰 고래에게 잡아먹혀 이곳에 있게 되었

소. 보시다시피 이 작은 웅덩이에서 꼼짝도 못 하는 신세
가 되었소."

연어는 크게 한숨을 내쉬더니 다시 말을 이어갔습니다.

"이봐요~! 악어 양반, 저쪽에 보이는 거대한 황금 칼과
창으로 이 고래의 배를 뚫고 당장 여기를 나갑시다. 나는
반드시 강으로 가야 하오!"

키키는 연어의 말을 듣고 보물선을 다시 바라보았습니
다. 엄청난 양의 보물들이 더욱 눈부시게 빛을 발하고 있
었습니다. 순간 키키는 저 보물들을 가지고 이 동굴 밖으

로 나가게 된다면 아주 부유하게 살 수 있을 거란 욕심이
생겼습니다.

키키는 보물선 앞으로 가서 가장 큰 칼과 창을 집어 들
고는 한쪽 벽 앞으로 다가갔습니다. 고래의 숨소리에 맞춰
벽이 살며시 올라갔다 내려갔다를 반복하고 있었습니다.

그러고는 칼과 창을 집어 든 두 손을 번쩍 치켜올리더
니 있는 힘껏 벽을 내리쳤습니다.

"퍽~!!!"

그 순간 갑자기 키키의 눈앞이 캄캄해졌습니다. 어디선가 어렴풋이 키키를 부르는 누군가의 목소리가 들려옵니다.

"키키~~~"

하지만 곧 키키는 정신을 완전히 잃어버렸습니다.

"그러고는 햇살에 눈을 떴고 하늘이 보였는데, 그때 나는 분명히 알게 되었어요."

순임도 눈을 반짝이며 되물었습니다.

"어떤 것을요?"

"이것이 꿈이 아니라는 사실을요."

키키는 흥분해 말을 이어 나갑니다.

"나는 그날 꿈을 꾼 것이 아니에요. 어떠한 이유였는지 몰라도 실제로 내가 그 보물선에 갔다 온거에요. 내가 자는 동안 내 영혼이 그곳을 다녀왔을 수도 있어요. 순임 씨도 알겠지만 꿈을 기억하는 것과 실제 경험을 기억하는 것은 분명히 달라요."

키키가 침을 한번 꿀꺽 삼킵니다.

"이 일은 분명히 꿈이 아니에요…! 그리고 연어는 분명히 알고 있을 거예요. 그 고래를 어떻게 하면 다시 만날 수 있을지를요. 그래서 나는 반드시 거꾸로 강을 거슬러 오는 연어를 만나야만 해요."

순임은 키키의 말을 듣고는 잠깐 생각에 잠겼습니다. 심장이 두근거리기 시작했습니다. 그러고는 키키의 눈을 보더니 크게 웃었습니다.

"하하하, 하하하"

순임의 이런 모습을 본 키키의 표정이 갑자기 떨떠름
해졌습니다.

"거봐요! 어처구니가 없어서 비웃게 될 거라고 했잖아
요."

키키의 말에 순임은 바로 대답했습니다.

"비웃는 것이 아니라 너무 설레고 좋아서 웃는 거예요."

"… 네?"

"화려한 보물선이라… 카, 생각만으로도 행운이 찾아
온 것 같아요. 키키, 우리 연어를 함께 기다려요!"

순임은 자신의 날개를 재빠르게 퍼덕이더니 키키 주위

날아서 한 바퀴 돌다가 키키의 머리에 앉았습니다.

"나는 하늘을 날아 강가를 살필 수 있으니 반드시 도움이 될 수 있을 거예요."

순임은 그날부터 키키와 함께 연어를 기다렸습니다.
둘은 연어를 기다리는 시간이 즐거웠습니다. 키키는 늘 꿈에서 본 보물선이 이야기를 순임에게 반복했지만 순임은 이 이야기를 매일 들어도 지겹지 않았습니다. 둘은 점점 서로를 알아 갑니다. 이제는 친구가 되어 허물없이 말 하는 사이가 되었습니다.

순임은 키키의 어깨에 앉기도 하고 머리 위에서 낮잠을 자기도 했습니다. 자신의 둥지에서보다 키키 옆에서 함께 보내는 시간이 점점 더 많아졌습니다. 이렇게 시간은 또 한참 흘렀습니다. 그런데 아직도 연어는 나타나지 않습니다.

그렇게 또 시간이 한참 흘러갔습니다.

하지만 여전히 연어는 나타나지 않습니다.

비가 오고 햇볕이 쬐는, 무더운 날이 지나가고 키키와
순임의 이러한 생활은 어느덧 몇 년이나 흘렀습니다.

순임의 네잎클로버

어느 날은 순임이 말했습니다.

"키키, 오늘은 내가 날아서 좀 더 멀리 강가까지 살펴
보고 올게.

좋은 소식이 올 것만 같아."

"오! 정말…?"

키키는 미소를 지으며 고개를 끄덕였습니다. 순임은 오늘따라 더욱 기운이 넘쳐 보이는 날갯짓을 하며 저 멀리까지 단숨에 날아갔습니다.

순임이 날아간 지 꽤 시간이 지났습니다.

키키는 오랜만에 혼자 시간을 보내게 되었습니다. 그러다가 이렇게 오랫동안 자신과 함께 연어를 기다리는 순임이 궁금해졌습니다.

자신은 보물선에 대한 확신이 있지만 그저 자신의 말을 믿고 늘 옆에 있는 순임에 대하여 생각해보게 되었습니다.

'몇 년이 지나도 연어가 나타나지 않는데, 순임은 어째서 나와 함께 있는 것일까?
이유가 무엇일까…?'

'나의 말이 거짓이거나, 분명 내가 망상가가 아닐까 하는 생각도 들었을 텐데…?'

키키는 팔을 접고 두 손을 포개어 머리를 베고 누워 하늘 높은 곳을 바라보았습니다. 붉게 노을이 물들고 있습니다. 야자수 꼭대기의 잎사귀 사이로 순임의 둥지 모퉁이가 삐져나와 있는 것이 보입니다.

해가 저물며 붉은 노을은 점점 검푸르게 변해 갑니다.

순임은 아직 돌아오지 않고 있습니다. 키키는 걱정이 되기 시작합니다.

키키는 순임이 날아간 방향 쪽으로 한참을 바라보고 있습니다. 강바람이 불어와 키키의 볼을 가볍게 스쳐 지나갑니다.

'순임이 많이 늦네….'

오늘따라 키키는 이 생각 저 생각이 많아졌습니다.

"어쩌면 순임이가 지쳐서 나를 떠나버린 건 아닐까…?'

그때 어둑해진 하늘 저쪽에서 날갯짓하는 순임의 모습이 어렴풋이 보이기 시작하더니 점점 선명해집니다. 동시에 키키의 표정도 살며시 밝아집니다.

순임은 날아와서는 다시 키키의 옆에 앉았습니다. 그리고 숨이 찬 목소리로 말했습니다.

"키키! 오늘 바다라는 곳이 어디서 시작되는지 너무 알고 싶어서 계속 날아가 보았어."

"그래?"

"그런데 너무 멀어서 끝까지 가볼 수가 없었어. 날이

저물기 시작해 더 이상 멀리 내다 보기도 어렵게 되었지 뭐야. 바다를 발견하지 못하고 그냥 돌아와 버렸어.”

키키가 반가운 목소리로 대답을 이어갑니다.

“아하~ 그랬구나…”

그리고 조금 소심해진 목소리로 순임에게 질문을 했습니다.

“순임, 혼자 있을 때 곰곰이 생각해봤는데… 궁금한 것이 있어.”

“뭐가?”

“아… 순임은 이렇게 오랜 시간이 흘렀는데도 여전히 함께 연어를 기다리는 이유가 뭐야?”

✿ ✿ ✿

    순임은 키키를 지그시 바라보다 무언가 즐거운 표정으로 대답했습니다.

"사실 키키는 나에게 엄청난 행운이야."

"행운?"

"나는 다른 새들보다 사냥을 하거나 먹이를 구하는 능력이 떨어져. 그래서 늘 배가 고프고 죽을 고비도 많이 넘겼지. 그런데 키키 뒤에 있는 이 야자나무 꼭대기에 살고 나서부터 이러한 걱정이 사라졌어. 키키가 잠들어있을 때 키키의 입속에 있는 찌꺼기를 먹으면서부터 배고픔이 해결되었거든."

    키키가 진지한 눈빛으로 순임을 바라봅니다.

"그리고 어느 날은 키키의 입속에서 네잎클로버를 발견했는데, 그것을 둥지에 가져다 놓고 바라볼 때면 늘 행운이 올 것만 같은 설렘으로 가득 찼어. 나는 너와 함께 연어를 기다리는 하루하루가 너무나도 즐거워."

"키키는 잘 모를 수도 있겠지만, 너는 나에게 네잎클로버처럼 행운 그 자체야."

날이 완전히 저물어 강가에 밤이 찾아왔습니다.

순임이 키키의 어깨 위로 총총 올라갑니다. 그리고 밤하늘에 밝게 빛나는 별들이 모여 있는 곳을 바라보며 말했습니다.

"키키는 곧 그 보물선을 진짜로 발견할 수 있을 거야. 나는 그날이 너무나도 기대돼."

키키도 순임이 바라보는 밤하늘의 같은 곳을 함께 바

라보았습니다.

별들이 유난히도 선명하게 반짝이고 있습니다.

오늘도 연어는 나타나지 않았습니다. 하지만 밤하늘의
모습이 강가에 비쳐 별들이 함께 반짝이고 있습니다.

2

대모험의 시작

장마

"솨~~~"
"솨~~~"

밀림 강가에 장마가 시작되었습니다. 키키가 낚시를
시작한 이후 이렇게 엄청난 양의 비가 내리기는 처음입
니다. 개구리 떼들이 마구 울어대서 강가는 그 소리로 가
득합니다. 여기저기 수면 위로 튀어 오르는 물고기들의
모습도 보입니다.

키키와 순임은 야자수 아래에서 비를 피하며 낚싯대를

고정해 놓고는 연어를 기다리고 있습니다. 순임이 말했습니다.

"키키, 이렇게 많은 비는 처음 봐."

야자나무 잎사귀에 탁탁 비 떨어지는 소리가 너무 커서 순임의 말이 키키에게 들리지 않습니다. 그때 바닥이 물러진 탓에 키키가 고정한 낚싯대가 넘어집니다. 키키가 낚싯대를 바로 세워보려 하는데 쉽지 않습니다.

"철퍽"

야자나무 위에서 무언가가 떨어졌습니다. 바로 순임의 둥지입니다. 계속해서 쏟아붓는 비를 버티지 못한 것입니다. 순임은 망가진 자신의 둥지를 보고는 놀랍니다. 곧 키키가 낚싯대를 챙기더니 순임과 함께 강가 뒤쪽의 밀림 숲으로 비를 피하기 위해 들어갔습니다. 무성한 풀잎들을 비집으며 큰 바위 아래 비를 피할 수 있는 공간이 보여서 키키와 순임은 그곳에 자리를 잡았습니다.

우거진 나무들과 풀잎 사이 작은 구멍과 같은 틈 사이로 비 오는 강가가 보입니다. 키키는 그곳을 내다보며 말했습니다.

"순임, 둥지가 무너진 것은 유감이야. 장마가 그칠 때까지 당분간은 여기서 지내야 할 것 같아. 낚시도 힘들겠어."

"비가 언제쯤 그칠까?"

지겨운 장마는 며칠씩이나 계속되고 있었습니다.

드디어 맑은 아침이 밝았습니다.

나뭇가지 사이로 스며든 햇살이 자고 있는 키키와 순임의 얼굴을 비춥니다. 키키와 순임은 눈부신 듯 얼굴은 한번 찌푸리더니 곧 잠에서 깹니다.

　숲속 가득 이슬이 맺혔습니다. 이슬이 햇살에 반사되어 온통 보석처럼 반짝거리고 있습니다. 키키와 순임의 기분이 좋아졌습니다. 둘은 다시 강가로 향하였습니다. 숲을 헤치고 나온 순간, 키키와 순임은 하늘을 보고 함께 탄성을 내질렀습니다.

　"우~~~와!"

　"우~~~와!"

　"신비롭다."

　하늘에는 아름다운 무지개가 선명하게 생겨났습니다. 순임은 바로 무지개 쪽으로 날아가 봅니다. 키키는 땅 상태를 확인하고는 강가에 다시 낚싯대를 고정합니다. 순임이 내려와 키키의 어깨에 앉더니 무지개를 한참 바라

보다 말합니다.

"키키, 내 느낌에 왠지 곧 연어가 나타날 것만 같아."

키키가 미소를 짓습니다.
순임이 계속 이야기를 이어갑니다.

"키키, 내가 숲속으로 가서 우리의 보물선 모험을 함께
할 다른 동물 친구들을 모아볼게. 이 모험은 거대해서 여
럿이 함께해야 할 것 같아."

키키와 이야기를 마친 순임은 강가 뒤쪽의 동물 마을
로 날아갑니다. 순임의 마음은 설렙니다. 키키는 혼자서
낚싯대를 지키고 있습니다. 뒤쪽의 야자수는 장마 탓에
잎사귀가 더욱 무성하게 자라나 있습니다.

숲속의 동물들

순임은 숲속의 동물들이 모이는 광장 한복판에 도착했습니다. 장마가 그쳐서 많은 동물들이 나와 있습니다. 순임은 동물들이 모여 있는 곳으로 가서 키키와 함께 보물선 대모험을 하자고 이야기합니다.

동물들은 엄청난 보물선 이야기에 눈이 동그래져서 관심을 보이며 여기저기서 모여들었습니다. 순임은 열정적으로 보물선 이야기를 합니다. 황금으로 만든 장신구, 색색의 보석과 액세서리, 그리고 수북이 쌓여있는 금화, 값이 비싼 칼과 방패, 무기들의 이야기를 늘어놓습니다.

어떤 동물은 정말로 그런 보물이 있다면 자신의 남은 인생을 다 바칠 기세입니다. 어떤 동물은 순임에게 잘 보이려고 순임의 이야기에 호응합니다. 이렇게 많은 동물들의 지지가 느껴지자 순임도 기운이 솟았습니다.

이때 나이 많은 두꺼비 할아버지가 나와서 순임에게 묻습니다.

"이보게, 보물선 이야기가 정말 생생하구려. 그런데 순임은 그 보물에 대하여 어떻게 알게 된 거지?"

순임은 자신 있는 목소리로 대답했습니다.

"키키가 꾼 꿈속의 이야기입니다!
그런데 그 꿈은 꿈이 아니라 분명 현실이랍니다."

순임의 대답에 동물들이 갑자기 실망한 듯 웅성거립니다.

자신들이 여태껏 꿈에서 본 이야기를 듣고 흥분한 것에 대하여 화가 난 것입니다. 동물들은 콧방귀를 뀌고는 순임에게 화를 퍼부었습니다. 두꺼비 할아버지가 순임에게 말했습니다.

"동물들을 설득하려면 좀 더 확실한 것을 보여줘야 할 것 같아."

두꺼비 할아버지의 말이 끝나자마자, 동물들은 더욱 화를 내며 순임에게 정신이 나갔냐며 큰 소리를 지르고, 야유를 보냈습니다.

"뭐? 꿈속의 이야기라고? 허참."
"그러면 그렇지. 세상에 그런 대단한 보물이 있다는 게 사실이겠어?"
"진짜로 보물선이 있다고 한들 그 큰 바다에서 찾는 건 절대로 불가능하다고!"

쓰레기를 던지는 동물도 보였습니다. 광장은 순식간에 난장판이 되었습니다.

순임은 어쩔 줄 몰라 쩔쩔매고 있습니다. 동물들이 순임을 둘러싸고 있어서 순임은 날아서 오르지도 못하며 바둥거립니다.

그런데 이런 순임 앞에 갑자기 스컹크 한 마리가 나타

났습니다. 그리고 동물들을 향해 엉덩이를 내밀고는 방귀를 "뿡~~~" 뀌어버렸습니다. 스모그가 끼고 순식간에 악취가 진동했습니다. 동물들은 재채기를 하고 눈물을 흘리며 도망갔습니다. 순임도 재채기를 하며 눈을 꼭 감고 그 자리에 주저앉아 버렸습니다.

잠시 후, 순임이 눈을 떴는데 주위에는 아무도 보이지 않았습니다. 순임을 도와준 스컹크도 사라졌습니다. 순임은 맥이 빠져서 터벅터벅 걸어서 광장을 빠져나갔습니다.

#몽몽과 뿡뿡

저쪽 편 나무 위에서 처음부터 순임의 이러한 모습을 하얀 원숭이 몽몽이 지켜보고 있었습니다. 몽몽의 오른쪽 어깨에는 조금 전 방귀를 뀌었던 그의 단짝 친구인 스컹크 뿡뿡이 올라타 있습니다.

"오랜만에 크게 한방 뀌었더니 속이 다 시원하네."

몽몽이 뿡뿡에게 이야기합니다.

"뿡뿡, 저 악어새를 몰래 따라가 보자. 만약에 저 말이

사실이라면 우리에게 엄청난 보물을 가질 수 있는 기회
가 생길지도 몰라. 좀 더 지켜봐야겠어."

순임은 터벅터벅 걸으며 천천히 키키가 있는 강가로 향
하고 있고, 몽몽과 뽕뽕은 주변의 나무를 타고 몰래 순임
을 미행합니다. 순임은 전혀 눈치 채지 못하고 있습니다.

순임은 크게 상심한 표정으로 키키에게 다가갔습니다.

"키키, 미안해….'"

"뭐가?"

"키키, 뭔가 내가 설득력이 부족한가 봐. 함께 할 동료를 구하지 못…"

이때 강가에서 처음 보는 물고기 한 마리가 "폴짝" 뛰어올랐습니다. 키키와 순임은 그것을 보더니 서로의 얼굴을 마주 보며 함께 소리쳤습니다.

"연어다!"

키키는 재빠르게 낚싯대를 치켜세웠습니다. 그러고는 주머니 속에서 오랫동안 숨겨둔 낚싯바늘 하나를 꺼내더니 낚싯줄 끝에 매달아 떡밥을 끼운 후 연어 쪽을 향해

던졌습니다.

키키와 순임은 숨을 죽이며 낚싯대의 찌를 바라보고
있습니다. 곧이어 찌가 강물 밑으로 쑥 사라졌습니다. 낚
싯대가 묵직해지고 휘더니 순식간에 연어가 걸렸습니다.

키키는 연어를 잡아 올리며 소리쳤습니다.

"순임~! 내가 본 연어랑 똑같이 생겼어!
틀림없이 그 연어라고!"

키키와 순임은 연어를 잡아 올려 준비된 그물이 달린
큰 통에 넣었습니다. 그리고 연어의 입에 걸린 낚싯바늘
을 조심스럽게 빼냈습니다. 연어는 겁에 질려 팔딱거리
다가 벌벌 떨면서 말합니다.

"아니, 당신은 그때 그 악어 아닌가? 사…살려주시오!"

　　키키는 자신을 알아보는 연어를 보고 자신이 겪은 일
이 꿈이 아니라 사실이라고 더욱 확신하게 되었습니다.
흥분한 키키는 연어에게 물었습니다.

　　"보물선을 실제로 본 적이 있지?"

　　키키의 질문에 연어도 놀라며 고개를 끄덕였습니다.

　　"나는 그날 알을 낳기 위해 바다에서 강으로 가려던
참이었소. 그런데 갑자기 주변이 어두컴컴해지더니 어디

론가 빨려 들어가게 된 것이오. 정신을 차려보니 작은 웅덩이에 갇혀 꼼짝도 못 하는 신세가 되었더군. 천정의 숨구멍으로 빛이 들어오는 것을 보고 이곳이 아주 거대한 고래의 배 속이라는 것을 알게 되었소. 동시에 주변에서 뭔가 화려한 것들이 빛나고 있다는 것도 알 수 있었지."

키키는 연어의 이야기를 이미 알고 있기에 고개를 끄덕입니다. 연어 역시 키키의 표정이 이해가 간다는 듯 말을 이어갑니다.

"그, 그것은 바로, 엄청난 보물선이었소!"

"역시나…!"

"아, 정말이지 내 평생 그런 보물들은 처음 보았소…. 난 한동안 눈을 뗄 수가 없었지. 그런데 거기서 악어 양반 당신이 거대한 황금 칼과 창으로 고래의 벽을 내리찍으며 탈출을 시도하려는 그 순간, 갑자기 큰 요동이 일어나

며 내 몸이 높이 점프해서 고래의 숨구멍을 통해 순식간
에 바다로 돌아오게 된 것이오."

연어는 계속해서 무엇인가를 생각해 내려는 표정입니다.

"허, 거참. 희한하기도 하지…."

"네? 어떤 것이오?"

"그 고래는 엄청나게 거대한 하얀 고래였소. 세상에 하
얀 고래가 다 존재하다니…"

"하얀 고래라…"

키키는 고개를 들어 강가가 이어지는 끝 쪽을 바라보
았습니다.

"분명히 저 멀리 바다 어딘가 하얀 고래의 배 속에는

보물선이 존재하고 있는 거야. 내가 본 것은 꿈이 아니고 진짜로 사실이었어.”

연어의 이야기가 끝나자 키키는 바로 다시 강물에 놓아주었습니다.

금화 한 닢

연어는 재빠르게 저만치 헤엄쳐 가다가 방향을 틀더니 다시 키키 쪽으로 돌아왔습니다. 그리고 수면 위로 고개만 삐죽 내밀고는 키키와 순임을 보면서 말했습니다.

"이보게들! 나를 살려줘서 보답할 것이 있다오."

하더니 자신의 입속에서 금화 한 잎을 '훅' 뱉어서 키키와 순임 앞으로 던져 주었습니다. 키키는 그것을 줍더니 더욱 놀랐습니다.

"보물선에 있던 금화다!"

연어가 말했습니다.

"보물선 옆 웅덩이에 갇혀있을 때 웅덩이 속에 있던 것을 내가 집어삼켜서 가지고 있었던 것이요. 살려줘서 정말 고맙소."

키키와 순임이 금화를 멀뚱히 바라보다 고개를 들었을 때 연어의 모습은 이미 저만치 사라지고 보이지 않았습니다.

반짝이는 금화를 다시 바라보며 키키가 말했습니다.

"순임, 이 금화 한 닢이면 바닷가에 도달했을 때 작은 배 한 척을 살 수 있을 것 같아!"

"키키, 무너진 둥지를 다시 지을 필요가 없겠군."

키키가 강이 흐르는 방향을 손가락으로 가리켰습니다.

"이 강 끝까지 가다 보면 분명 바다에 도달할 수 있을 거야! 우리는 세상에서 가장 화려한 보물들을 발견하게 될 거야. 순임! 이제부터 대모험 시작이야!"

"키키, 너무 좋다."

"자, 출발~~~!!"

키키의 손바닥 위에 놓인 금화가 햇볕에 비치며 더욱 반짝입니다. 키키는 금화를 움켜쥐더니 순임과 함께 강 가를 따라 한 걸음 나아갑니다.

바로 뒤에 있는 훌쩍 자란 높은 야자수 위에서 몽몽과 뽕뽕이 이 모습을 다 지켜보고 있었습니다. 금화를 실제로 목격한 몽몽은 매우 들떠있는 표정이었지만 뽕뽕을 바라보며 침착한 목소리로 말합니다.

"뽕뽕, 저들의 모험은 엄청 험난할 거야. 우리는 전면에 나서지 말고 조용히 몰래 저들을 따라다니며 지켜보다가 기회가 생기면 결정적인 순간에 보물을 쟁취하면 되는 거야. 그 순간을 위해 방귀 가스를 아껴두라고 킥킥…"

뽕뽕은 몽몽의 말을 듣고 엉덩이를 실룩거리며 말했습니다.
"역시 몽몽의 전략은 기가 막혀. 언제든 얘기만 하라고…. 흐흐…"

몽몽과 뽕뽕은 키키와 순임에게 들킬까 봐 손으로 입을 막은 채 조용히 웃습니다.

"킥킥"

"흐흐"

"킥킥킥"

"흐흐흐"

높은 야자수 위에서는 강가 일대가 훤히 다 보였습니다.
저멀리 무지개 사이로 키키와 순임의 모습은 점점 작
아져 갑니다.

3

아기 코끼리 코코와 튤립 한 송이

아기 코끼리와 튤립 한 송이

장마가 지나가고 이번에는 무더운 가뭄이 지속되었습니다. 태양 볕이 매우 뜨거워 땅에는 아지랑이가 올라오고 있습니다. 여기저기 마른 풀잎들도 보이고 땅이 말라 쩍쩍 갈라진 모습들도 보입니다.

키키와 순임이 강가를 따라 걷고 있습니다. 바다에 언제 다다를지 모르지만 보물선을 꿈꾸는 키키와 순임의 발걸음은 가볍습니다.

순임이 말했습니다.

"키키, 그래도 우리는 다행이야. 이렇게 날씨가 무덥지만 강을 따라 걷고 있으니 말이야."

"그래, 순임. 우리는 다행이야."

저 앞으로 유난히 큰 아름드리나무 한 그루가 보였습니다. 키키와 순임은 무더위를 피할 겸 나무 그늘 밑으로 들어갔습니다. 나무 기둥에 키키는 등을 기대어 앉습니다. 순임도 키키 옆으로 나란히 자리를 잡았습니다.

한숨 돌리려는데 키키와 순임의 눈앞에 작은 아기 코끼리 한 마리가 보였습니다. 아기 코끼리는 강가로 가더니 코로 물을 한 움큼 빨아들였습니다. 그리고 물을 코안에 물고는 강가 반대쪽 바위틈 사이로 들어갔습니다.

그러고는 잠시 후 다시 나와 강가로 가더니 또다시 물을 한 움큼 빨아들였습니다. 그러고는 또다시 바위틈 사이로 들어갑니다. 이렇게 왔다 갔다 바쁘게 반복합니다.

키키와 순임이는 무더위에 쉬려고 하는데 아기 코끼리
가 아주 부산하게 움직여서 정신이 산만해졌습니다.

"저 아기 코끼리는 왜 저렇게 땀을 뻘뻘 흘리며 왔다
갔다 하는 걸까?"

답답한 순임은 코끼리를 불러보았습니다.

"이봐? 아기 코끼리~~!"

아기 코끼리는 너무 바빠서 자신을 부르는 소리에 신
경 쓸 겨를도 없어 보입니다. 더군다나 코에 물을 물고 있
어 대답이 어려운 것 같기도 합니다.

키키와 순임은 도대체 무슨 영문인지 더욱 궁금해져서
아기 코끼리를 뒤따라 바위 사이로 들어갔습니다. 그리
고 아기 코끼리가 하는 행동을 지켜보게 되었습니다.

아기 코끼리는 자신의 키보다 꽤 높은 바위 앞쪽으로 가더니 멈추어 섰습니다. 햇볕이 강하게 바위를 내리쬐고 있습니다.

그 바위 턱 위 모퉁이에는 빨간색 튤립 하나가 피어 있는데 오래된 가뭄으로 꽃잎이 말라죽어가고 있습니다. 튤립은 힘이 없이 시들시들해 보입니다.

아기 코끼리는 언덕 밑에서 물을 머금은 코를 치켜세우고 튤립을 향하여 있는 힘을 다해 내뿜어 봅니다.

"푸하~~~"

하지만 아슬아슬하게 물이 튤립에게 닿지 않습니다. 운이 좋으면 겨우 한두 방울이 잎사귀에 묻어납니다.

튤립이 말라죽으려 하자 아기 코끼리는 눈물을 글썽이며 사색이 되었습니다. 있는 힘을 다해 물을 퍼 나르고 또 퍼 나릅니다. 이러한 아기 코끼리의 안쓰러운 모습을 보고 튤립이 말합니다.

"코코야… 이제 그만해…. 며칠째니…? 나는 이…제 가망이 없을 것 같아.

이러다가 너까지 힘들어 죽을 것 같아. 그동안 고마웠어."

힘이 다 빠져버린 코코는 언덕 아래에 털썩 주저앉아 숨을 헐떡거리고 있습니다. 그리고 튤립을 쳐다보며 눈물을 뚝뚝 떨어뜨리며 울기 시작합니다.

"엉엉~ 튜튜, 미안해~ 튜튜…"

이 모습을 뒤에서 계속 지켜보고 있던 키키와 순임은 아기 코끼리에게로 다가갔습니다. 키키가 아기 코끼리를 보며 말했습니다.

"이봐, 코끼리 친구 힘들겠지만 마지막으로 물을 한 번만 더 머금고 와."

키키는 쓰러진 아기 코끼리를 부축하여 일으켜 세웠습니다. 그러고는 아기 코끼리와 함께 강가 쪽으로 가서는 물을 머금게 하고 다시 튤립이 있는 바위 턱 아래로 돌아왔습니다. 키키는 아기 코끼리를 두 손으로 있는 힘을 다해 번쩍 들어 올렸습니다. 아직 작은 코끼리라 키키가 들어 올릴만했습니다.

"코코야, 이때야. 이제 물을 뿜어!"

키키가 소리치고 코코는 사력을 다해 물을 뿜어냈습니다. 드디어 튜튜에게로 물이 전달되었습니다. 코코는 힘이 났습니다. 또다시 강가로 가서 물을 머금고 와서 키키의 도움으로 튜튜에게 물을 줄 수가 있었습니다.

튜튜의 꽃잎에서 생기가 돌았습니다.

"코코, 고마워~ 여러분들, 고맙습니다. 덕분에 살아났어요."

코코의 이야기

겨우 한숨 돌린 코코는 자신의 사연을 늘어놓았습니다.

"며칠 전, 저는 저의 가족들인 코끼리 무리를 따라 이동하고 있었어요. 강가를 건너서 이 바위들 속으로 들어왔는데, 그때 저는 지금보다 더 작고 걸음이 느려서 도저히 무리를 따라갈 수가 없었어요. 혼자서 길을 잃게 된 것이죠. 무서워서 울고 있는데 저 바위 위쪽에서 튜튜의 목소리가 들려왔어요."

키키와 순임은 튜튜 쪽으로 시선을 돌렸습니다.

"아기 코끼리 님, 가족들을 잃어버렸나 봐요?"

"네…. 바위들이 너무 커서 엄마 아빠를 따라가지 못했어요. 흑흑…"

"아…! 아기 코끼리 님도 저와 같은 처지네요."

"네? 어째서요?"

"저도 가족들을 잃어버렸거든요."

"튤립 님도요?"

"네. 저는 사실 씨앗일 때 저 멀리 바닷가에서 수많은 튤립 무리들 사이에 있었는데 어느 날 바람이 세게 불어와 저 혼자만 이 먼 곳까지 오게 되었어요. 그렇게 바위 턱 위에서 외롭게 태어난 거예요."

"세상에나. 정말요?"

코코가 눈물을 닦으며 키키와 순임을 바라보았습니다.

"무리를 이탈한 저는 항상 무섭고 불안했었는데 튜튜가 한 번씩 꽃향기를 뿜어낼 때면 어느새 그 불안감이 잊혔어요. 이렇게 튜튜와 저는 서로에게 의지가 되어 여기서 함께 지내게 된 거예요."

순임도 코코의 심정이 이해가 가는지 고개를 끄덕였습니다. 코코는 점점 안정감을 찾아가고 있습니다.

"튜튜는 다시 바닷가 튤립 무리에게 돌아가고 싶지만, 이제는 어쩔 수가 없게 되었고, 저도 이러한 튜튜의 사정을 듣고는 코끼리 무리를 찾아 떠나지 않고 여기서 튜튜를 보살피며 함께 살게 되었어요."

"그런데 며칠 전부터 극심한 가뭄이 이어져 하나뿐인 제 친구 튜튜가 말라죽을 뻔했는데 이렇게 키키 씨와 순임 씨가 나타나 구해준 거예요."

"다시 한번 감사드려요."

상황이 해결되자 키키와 순임은 다시 여행을 떠나려고 바위 사이를 빠져나왔습니다. 그런데 몇 걸음 가지 않아 아기 코끼리 코코가 급히 달려와 앞길을 가로막더니 슬픈 표정으로 말했습니다.

"키키, 순임,
떠나지 마세요~ 제발요."

"아니? 이제 튜튜가 살아났잖아요. 그러니 괜찮은 것 아닌가요?
우리도 갈 길이 멀어요."

코코가 다시 울먹이기 시작합니다.

"이 오랜 가뭄이 언제 끝날지 몰라요. 며칠째 비 한 방울이 내리지 않고 있잖아요. 지금은 제 친구 튜튜가 간신히 살아났지만, 당신들이 이렇게 떠난다면 또다시 말라 죽어 버릴 거예요."

"저는 아직 아기 코끼리라서 키가 작아요."

"저의 키가 더 자랄 때까지 함께 있어 주세요. 제발…"

키키와 순임은 사정하는 아기 코끼리 코코를 보며 난감해졌습니다.

"부탁이에요. 훌쩍…"

순임이 키키의 귀에 대고 조용히 말했습니다.

"이봐, 키키… 어떡하지?"

키키는 한참 생각에 잠겼습니다. 꿈에 그리던 보물선을 찾아가는 일정이 기약 없이 늦어진다고 생각하니 마음이 답답했습니다. 여기 저기 두리번거리던 키키의 눈에 강 건너편의 대나무 숲이 들어왔습니다. 키키는 미소를 지으며 말을 꺼냈습니다.

"순임, 나한테 방법이 있을 것 같아."

키키는 대나무 숲으로 다가갔습니다. 그리고 잠시 후 대나무 한 마디를 베어서 돌아왔습니다. 호기심이 가득한 코코의 눈앞에 키키가 손을 내밀었습니다.

"여기 대나무로 만든 화분이야. 튜튜를 여기 담아서 자라게 하자."
"그러면 더 이상 코코가 걱정 안 해도 될 거야. 그리고 데리고 다닐 수도 있어서 더욱 좋을 거야."

코코는 대나무 화분을 이리저리 살펴보며 코끝으로 만져봅니다.

순임이 튜튜에게로 날아가 자신의 부리로 주변의 땅을 조심스럽게 파서는 튜튜를 끄집어냈습니다. 그리고는 튜튜를 살짝 물고는 키키가 만든 대나무 화분 속으로 옮겼습니다.

곧 키키는 정성스럽게 튜튜의 뿌리 위로 흙을 덮어주었습니다. 코코는 강가로 달려가 물을 한 모금 물고 와서는 흙을 살포시 적셨습니다.

"와! 너무 좋아요~!"

코코와 튜튜는 싱글벙글 웃고 있습니다. 미소가 떠나질 않습니다.

"그럼 코코, 튜튜…. 우리는 이제 진짜로 가 봐야 해요."

"행복하게 지내세요."
"안녕"

"안녕"

키키와 순임은 코코와 튜튜에게 마지막 인사를 하고
다시 발걸음을 내디뎠습니다. 다시 강가 길을 따라 계속
해서 여행을 이어갑니다.

그렇게 제법 나아갔을 때 웬일인지 코코가 다시 달려와서는 또다시 길을 가로막았습니다. 코코 머리 위에는 화분에 담긴 튜튜가 올려져 있습니다.

키키와 순임은 다시 놀라며 코코를 바라보면서 동시에 말했습니다.

"이번엔 또 무슨 일이지?"

코코는 헐떡이는 숨을 겨우 진정시키며 무언가 키키와 순임의 눈치를 살피는 표정을 짓다 시선을 위로 올리더니 튜튜를 보며 말했습니다.

"저기… 튜튜가 드릴 말씀이 있대요."

튤립 튜튜가 키키와 순임에게 머리를 깊이 숙였다 일으킵니다.

"키키, 순임, 바다 쪽을 향해 가고 계신다는 것을 알아요. 저와 코코를 함께 데려가 주세요. 사실 저는 바다 앞의 튤립들에게 꼭 돌아가고 싶어요. 그래서 무리와 함께 살고 싶어요. 여기 이 정글은 저에게 너무나도 낯설어요."

코코도 말을 이어갑니다.

"키키와 순임의 여행에 방해가 되지 않도록 튜튜는 제가 머리 위에 올려서 함께 갈게요. 저도 튜튜를 바닷가 친구들에게 데려다주고 싶어요."
"그리고 바닷가에 도착하면 많은 튤립들이 살고 있어서 그 향기를 맡으면 저도 행복하게 살 수 있을 것 같아요."
"제가 아직 어려서 이 먼 여행을 갈 엄두가 나질 않아요. 그러니 제발 두 분의 여행에 함께 따라가도록 해주세요."

코코는 이야기가 끝나자마자 키키 가까이 다가가더니 다리에 몸을 꼭 붙입니다. 이런 코코를 보고 키키는 잠깐 망설이다 코코를 감싸듯 이마 위에 손을 올립니다.

"코코, 바다까지는 여기서 매우 멀어서 힘든 여행이 될 거예요."

"괜찮아요, 키키. 저는 저의 친구 튜튜가 꼭 가족들을 만날 수 있었으면 좋겠어요."

이렇게 해서 키키와 순임의 여행에 새로운 친구 코코와 튜튜가 함께 하게 되었습니다. 둘이서 시작한 여행에 새로운 동료들이 생겨난 것입니다.

일행들 모두의 시선이 저 멀리 강물이 흘러가는 끝 쪽을 바라보고 있습니다. 얼마만큼 더 가면 바다가 나올는지 전혀 가늠이 되질 않지만 가벼운 발걸음들이 앞을 향해 나아가고 있습니다.

뜨거운 태양이 이글거리며 여전히 무더운 밀림의 가뭄은 계속되고 있습니다.

거대한 폭포

키키와 순임, 코코와 튜튜가 함께 여행을 합니다.

요 며칠 사이 코코의 몸집이 조금 더 자랐습니다. 그래도 아직은 어려서 뒤뚱뒤뚱 걸음이 좀 느리지만 키키 일행은 함께 속도를 맞추어 걸어가고 있습니다. 어린 코코는 신기한 세상의 모습에 호기심이 가득합니다.

코코 머리 위 튜튜의 향긋한 향기가 이따금 뿜어져 나와 키키 일행들의 여행은 더욱 즐겁습니다. 키키는 코로 숨을 한 움큼 들이마셔 봅니다. 미소가 절로 나옵니다. 키키가 말합니다.

"순임, 코코, 튜튜와 함께 가기로 한 건 참 잘한 것 같아."

"그러게, 키키."

강가의 폭이 처음 여행을 시작했을 때보다 조금 더 넓어져 있는 것이 보입니다. 키키가 가까이 다가가더니 흘러가는 강물을 유심히 살펴봅니다.

"왠지 물이 흘러가는 속도가 조금 더 빨라진 느낌이야."

순임과 코코 튜튜도 함께 흐르는 강물을 유심히 바라봅니다.

"콸콸" "콸콸"
저 멀리서 물 흐르는 소리가 들려옵니다.

"콸콸콸" "콸콸 콸콸"
일행들이 앞으로 갈수록 그 소리는 더욱더 크게 들립

니다.

순임이 소리가 어디서 나는지 확인하고 싶어서 높이 날더니 저 앞쪽까지 먼저 날아갑니다. 잠시 후 돌아온 순임은 놀라서 말합니다.

"친구들, 저 앞쪽에 더 이상 갈 수 있는 길이 없어!"

"저…정말?"

"응. 거대한 낭떠러지 아래로 강물이 떨어지고 있어 엄청나게 큰 폭포야! 폭포가 너무 커서 물 떨어지는 소리가 여기까지 들리는 거라고…"

순임의 말에 다들 당황합니다.
키키가 궁금해져서 빠르게 앞쪽으로 달려 나가 봅니다.

"정말 폭포가 그렇게 크단 말이야?"

코코도 걸음을 빨리했습니다.

"콸콸콸" "콸콸콸"

일행들 모두의 눈앞에 엄청나게 거대한 폭포가 펼쳐졌습니다. 저 아래쪽 깊은 곳으로 물살이 떨어지면서 생긴 물안개가 아래쪽 전체를 다 덮고 있습니다. 너무나도 웅장한 장관입니다.

튜튜가 말했습니다.

"와~! 이곳은 습기가 많아서 나는 기분이 매우 좋아.
코코, 너무 가까이 다가가지는 마! 잘못하다가 떨어질지도 몰라."

이 말을 들은 코코가 염려 말라는 듯 빙그레 웃었습니다.
일행들은 폭포를 구경하느라 정신이 없습니다.

한참을 바라보다가 키키가 순임에게 말했습니다.

"그런데 이렇게 폭포가 크면 바다 쪽으로 더 이상 못 갈 것 같아. 폭포 옆으로 삥 둘러서 가야겠는걸, 순임?"

"그러게… 키키, 이 폭포는 너무 커서 얼마나 둘러 가야 할지 끝을 모르겠어. 다른 곳에서 온 수많은 물줄기도 모두 이 폭포로 연결되어 있어."

키키는 끝없는 폭포를 보고 한참 생각에 잠겼습니다.

"크게 우회해서 둘러 가다 보면 분명 길이 나올 거야. 막막하지만 가보자."

일행들은 키키의 말을 듣고는 방향을 바꾸어 움직입니다.

가고 또 갑니다. 그러나 폭포의 끝은 보이지 않습니다. 이제는 날도 점점 어둑어둑해져 갑니다. 키키 일행의 걸

음 속도도 점점 느려집니다. 먼 길을 가야 한다고 생각하
니 다들 지쳐갑니다.

코코가 키키와 순임에게 이야기합니다.
"키키, 순임, 미안해요. 제가 아직 걸음이 느려서 저 때
문에 이 먼 길이 더욱 멀게 느껴지네요."

키키가 코코의 표정을 살며시 살피며 말했습니다.
"아니야, 코코. 우리는 함께 떠나기로 했잖아."

코코는 키키의 이런 배려가 고맙기도 하지만 한편으로
는 마음에 걸렸습니다.

그런데 저 멀리서 망원경으로 키키 일행의 이 모습을
누군가가 관찰하고 있습니다. 바로 계속해서 몰래 뒤따
라오던 몽몽과 뽕뽕 일행입니다.

몽몽이 불만 섞인 목소리로 자신의 어깨 위 뽕뽕에게

이야기합니다.

"저렇게 크게 둘러서 간다면 저 일행들 바다로 향하는데 시간이 너무 걸리는 것 같아. 저 멍청한 느릿느릿 느림보 아기 코끼리 일행이 합류한 후로 자꾸만 더 늦어지는 것 같아."

"아이코… 이러다가 보물선을 찾는 데 세월이 다 가겠네. 아휴~ 답답해."

"나의 보물들을 빨리 보고 싶다…."

몽몽의 말을 들은 뿡뿡도 마음이 급해져 가슴을 두들기며 답답한 표정을 짓습니다. 몽몽이 무언가 고민하다가 다시 이야기합니다.

"안 되겠다. 재벌 두더지 두두를 찾아가야겠다!"

"갑자기, 두두는 왜?"

"나한테 좋은 생각이 있어. 크크크"

4

지하 세계 재벌 두두와 지지

두두와 지지

두두는 땅을 깊이 파는 것을 좋아합니다. 그에게도 단짝이 있는데 바로 땅을 파다가 만난 지렁이 친구 지지입니다. 두두와 지지는 둘 다 땅속을 좋아하기에 특별한 일이 생기지 않는 한 땅 밖으로 잘 나가지 않습니다.

아주 오래전에 두두와 지지는 함께 땅을 파다가 조개와 생선, 공룡 뼈 화석을 발견했습니다. 두두는 이것들을 보관하고 있었는데, 어느 날 몽몽이 나타나서 이 화석들은 값어치가 큰 것이라고 수집가와 탐험가들에게 소개하고 내다 팔게 해서 두두가 돈을 벌게 해주었습니다.

　이렇게 판매될 때마다 몽몽도 약간의 소개비를 챙겼습니다. 오랜 기간 이렇게 해서 두두는 엄청난 돈을 벌었습니다. 두두와 지지는 이러한 돈들이 너무 좋아서 금고에 넣어 땅속 깊은 곳 비밀공간에 숨겨두었습니다. 두두와 지지는 오늘도 화석들을 발견하기 위해 땅을 깊이 파 내려갑니다.

이러한 두두에게 몽몽과 뽕뽕이 찾아왔습니다.
몽몽이 두두에게 한 가지 제안을 합니다.

"재벌 두두, 내가 요즘 보물선을 한번 발굴해볼까 하는데… 나에게 돈을 좀 빌려주시오. 금액은 한 100골드 정도면 될 것 같아요. 내가 보물선을 발견하고 나면 300골드로 갚아 드리겠어요."

두두는 그간 몽몽의 도움으로 화석들을 내다 팔 수 있었기 때문에 큰 의심 없이 몽몽에게 100골드를 빌려주며 말했습니다.

"알겠소, 보물선을 꼭 찾길 바라오."
"그럼 난 이만 바빠서… 땅을 더 깊이 파러 내려가 봐야 하오."

몽몽의 계략

이렇게 해서 몽몽은 두두에게 100골드의 돈을 빌렸습니다.

그러고는 천장이 열리는 2인승의 멋진 승용차를 하나 구입했습니다.

다음날 이른 아침에 몽몽은 자신이 좋아하는 바나나 한 더미를 승용차에 실었습니다. 곧바로 승용차를 급하게 몰고는 여행을 떠나고 있는 키키 일행에게로 향했습니다. 보조석에 있는 뿅뿅이 궁금한 듯 물었습니다.

"몽몽 도대체 무엇을 하려는 것이야?"

몽몽은 자신감 있는 표정으로 대답했습니다.

"뽕뽕~ 내가 하는 것을 지켜만 보라고. 킥킥…"

저쪽에서 걸어오는 키키 일행들이 보입니다. 몽몽은 핸들을 확 돌리더니 키키 일행 앞을 가로막으며 멋지게 차를 세웁니다.

키키 일행은 자동차가 앞에 등장하자 놀랍니다.
몽몽과 뽕뽕이 차에서 내렸습니다. 그리고는 키키 일행들에게 정중히 인사를 합니다.

"안녕하세요, 여행가님들!"

키키 일행은 당황하며 질문합니다.

"원숭이 님, 스컹크 님? 무슨 일이세요?"

몽몽은 상냥하게 웃으며, 미리 준비해온 바나나 한 더미를 일행에게 선물합니다.

"자, 달콤한 바나나입니다. 이것들 드세요."
어린 코코가 성급히 먼저 앞으로 다가가더니 코를 내밀어 냉큼 바나나를 집어먹습니다. 코코를 본 키키와 순임도 바나나를 하나씩 집어 들었습니다.
순임이 몽몽에게 물었습니다.

"원숭이 님, 갑자기 등장해서 왜 이런 호의를 베푸는 건가요?"

몽몽은 헛기침을 한 번 하더니…
"으흠… 저는 소설가 몽몽이라고 합니다. 여기는 저의 조수 뿡뿡이고요. 그건 말이죠. 음… 저는 원래 여행가들을 좋아해요. 여행이라… 생각만 해도 설레는 일이죠.

음… 꿈과 희망이 넘쳐나고, 또 낭만적이기도 하죠. 음…
저에게 여행가들이 겪은 이야기는 아주 멋진 소설의 소
재가 된답니다. 저는 예전부터 여러분같은 여행가들을
동경해 왔답니다."

"그러니 편히 생각하시고 마음껏 드세요. 바나나가 아
직도 많이 남아있답니다."

순임이 감사의 인사를 건넵니다.
"와~! 정말 친절하신 분이네요."

키키가 바나나 하나를 천천히 까더니 물끄러미 쳐다봅
니다.
'참, 세상에 별일이 다 있군.'

몽몽이 자동차 옆으로 가더니 손을 자동차 쪽으로 내
밀며 말했습니다.
"이 멋진 승용차는 제가 키키와 순임 씨에게 드리는
선물입니다."

"여행에 큰 도움이 될 겁니다."

키키는 황당해하며 물었습니다.
"아니, 몽몽 님… 갑자기 이런 것을 주려고 하시다니,
너무 무리하시는 것 아닌가요? 저희는 이것을 받을 이유
가 없…"

몽몽이 바로 키키의 질문이 끝나기도 전에 말을 이어
나갑니다.
"아닙니다. 훌륭한 여행 가는 이런 것을 선물 받을 자
격이 충분하지요. 그럼 저는 이만 물러가겠습니다."

"그렇지만, 몽몽 씨?"

몽몽은 자기 말만 하고는 뿡뿡을 데리고 재빠르게 숲
속 나무 위로 올라갔습니다. 나무와 나무를 이어 타고는
금세 멀리 사라져 버립니다.

뿡뿡이 몽몽에게 물었습니다.

"몽몽, 이래도 되는 거야? 저들에게 왜 굳이 이렇게 하는 거지?"

몽몽은 나무 위 제일 높은 곳에 몸을 숨기고 키키 일행을 몰래 지켜보며 뿡뿡에게 말했습니다.

"크크크, 뿡뿡 이제부터 저들의 행동을 두고 봐. 저 승용차는 2인승이야. 키키와 순임 외에는 탈 수가 없다고. 보물을 찾는 것에 혈안 된 키키와 순임은 저 답답한 느림보 코끼리와 튜튜를 두고는 먼저 떠날 거야. 코코도 죄책감에 먼저 가는 키키와 순임을 잡지 못할 것이고… 어차피 코코와 튜튜는 보물과는 상관없는 여행을 하는 것이니까."

"폭포 때문에 바다로 향하는 길이 너무 멀어졌어. 저들은 지금 꽤 지쳐있다고. 이제 더 이상 함께 다니지 못할 거야."

"저들을 갈라놔야 해. 그래야 키키와 순임은 저 차를

타고 훨씬 빨리 바다에 도착할 테니까. 더군다나 저 미련한 코끼리는 이번 여행에 아무런 도움이 안 되니 꼭 떨어트려 놔야 해."

"두고 봐, 뿡뿡. 곧 내 생각대로 될 거야!"

"오~호, 역시…"
몽몽의 이야기를 다 들은 뿡뿡은 맞장구를 치며 좋아합니다.
그리고 멀리서 조용히 키키 일행을 훔쳐봅니다.

거리 때문에 무슨 소리인지 잘 들리지는 않지만 키키가 코코와 튜튜에게 무어라 무어라 말하고 있습니다. 순임이 키키의 어깨에 짝 달라붙어 있습니다.
코코는 바나나를 맛있게 먹는다고 정신이 없습니다.

잠시 후 키키와 순임 둘이서만 승용차에 탑승합니다.
키키는 순임을 보조석에 태운 채 코코와 튜튜를 남겨두고 먼저 출발합니다.

코코는 먼저 가는 키키를 흘깃 쳐다보더니, 다시 바나나를 먹습니다.

잠시 후 바나나를 다 먹어버린 코코는 키키와 순임이 자신을 두고 떠났다는 사실을 인지했습니다. 불안한 듯 왔다 갔다 합니다. 눈물이 글썽글썽합니다. 그러더니 주저앉아 펑펑 울기 시작합니다. 튜튜의 잎사귀 하나가 툭 떨어져 날립니다.

그 모습을 지켜보던 몽몽이 웃기 시작합니다.
"크크크" "크크크"

"역시 몽몽의 술수는 대단해. 킥킥킥"
뿡뿡이 감탄하며 함께 웃습니다.

"자 뿡뿡 우리도 어서 서두르자."
몽몽은 승용차를 타고 달리는 키키 일행에 뒤지지 않으려고 재빠르게 나무와 나무 사이를 갈아타고 이동합니다.

"부웅~~~"

키키와 순임은 승용차를 타고 빠르게 달립니다. 바람
소리가 시원하게 느껴집니다. 아름다운 자연 풍경들이
빠르게 지나갑니다. 앞쪽으로 펼쳐진 길도 평평해 자동
차가 달리기에 최적의 상황입니다. 이제 더 이상 다리도
아프지 않고, 숨이 차오르지도 않습니다.

한참을 달리다 어느새 자동차가 거대한 넝쿨들이 우거
진 숲속으로 들어오게 되었습니다. 바닥도 울퉁불퉁해져
서 차가 흔들립니다. 키키도 순임도 자리에서 들썩거리
기를 반복합니다.

키키가 자동차의 속도를 천천히 줄였습니다.

"이런, 길이 너무 험한 걸……. 속이다 울렁거리는 것
같아."

자동차가 계속해서 넝쿨 숲속을 달리고 있습니다.

"순임, 여긴 어딘지 모르겠어. 우리가 어디까지 온 걸까?"

"글쎄… 모르긴 몰라도 아주 빠르게 아주 많이 온 것 같아."

키키가 순임에게 또다시 물었습니다.
"순임, 그런데 코코와 튜튜는 잘 있을까?"

순임이 대답했습니다.
"글세… 키키는 어떤 생각이 들어?"

키키는 대답하지 못하고 멍해졌습니다.
키키의 손이 핸들에서 미끄러지듯 스르륵 내려왔습니다. 자동차는 여전히 울렁거리며 천천히 앞으로 나가고 있습니다.

"쾅!"

순간 자동차가 나무 기둥에 부딪혀 버렸습니다.

키키와 순임의 몸이 앞으로 확 기울었습니다. 앞 범퍼
보닛 쪽이 살짝 찌그러졌습니다. 키키는 놀라서 자동차
의 시동을 껐습니다. 키키가 고개를 들며 말했습니다.

"순임, 코코와 튜튜를 두고 온 것은 잘못한 일 같아.
코코는 아직 어려서 두려움에 떨고 있을 거야.
다시 돌아가야겠어."

키키는 자동차에 시동을 다시 걸어봅니다.

"티디디딕~"

그런데 나무에 부딪힐 때 충격 때문인지 시동이 걸리
지 않습니다. 다급해져서 또다시 시도해 봅니다.

"티딕티딕, 티디딕~"

여전히 걸리지 않습니다. 키키가 몇 번을 다시 시도하는데 시동이 걸릴 듯 걸리지 않습니다.

"코코, 미안해…"
키키가 한숨을 내쉬며 말합니다.

순임은 부딪힌 나무 위로 올라가서 주위를 여기저기 살펴봅니다.
아무도 보이지 않습니다.
순임의 마음도 점점 다급해져 갑니다.

5
_____

반달곰 바바와 날다람쥐 치치

_____

바바와 치치

순임이 나무 위에서 숲속을 살피는데 저쪽에서 덩치가 큰 반달곰 한 마리가 서성이고 있는 것이 보입니다. 반달곰의 어깨 위에는 다람쥐도 함께 있습니다. 둘은 숲속 바닥에 떨어진 도토리를 줍고 있습니다.

순임이 반달곰과 다람쥐에게 다가가 말했습니다.

"이봐요 반달곰 님, 다람쥐 님, 저는 순임이라고 해요. 저와 저의 친구 키키가 문제가 좀 생겼는데 좀 도와주세요."

반달곰과 다람쥐는 순임의 말을 듣고는 자동차가 부딪친 곳으로 갔습니다.

키키는 반달곰에게 부탁했습니다.

"저기 반달곰 님 이 자동차가 시동이 걸리지 않아서 그러는데, 자동차 뒤에서 달리면서 좀 밀어주시겠어요? 그렇게 시동을 다시 걸어 보려고 해요."

반달곰 바바가 팔짱을 끼고 아무 대꾸도 없이 느긋하게 상황을 살펴봅니다. 답답해진 순임이 말을 이어갑니다.

"사실, 저희가 어린 친구들을 저 멀리 놔두고 와서 빨리 돌아가야 하는데, 너무 멀리까지 와버려서 자동차 없이 간다면 며칠이 더 걸릴지도 몰라요."

이 말을 들은 다람쥐 치치가 반달곰 바바에게 귓속말로 무어라 쑥덕거립니다.

바바가 고개를 끄덕거리더니 드디어 입을 열었습니다.

"나는 반달곰 바바요. 이 숲속에서 가장 힘이 세다오. 저 자동차를 미는 것쯤은 나에게는 일도 아니오. 하지만 조건이 있소. 그전에 그대들이 나의 일을 먼저 좀 도와줘야겠소."

키키가 되물었습니다.

"어떤 것을요?"

치치가 바바 머리 위로 올라가더니 도토리 하나를 쏙 내밀었습니다. 다시 바바가 이야기합니다.

"사실, 우리는 몇 달 뒤에 찾아올 겨울을 준비하고 있소. 나와 치치는 겨울이 되면 동굴로 들어가 겨울잠을 자야 하는데, 도토리 식량을 확보해야 하오."

"도토리 줍는 것을 좀 도와주시오."

키키가 또다시 되물었습니다.

"도토리를 얼마나 주워야 하나요?"

바바가 숲속 전체를 가리키면서 말했습니다.

"이 숲의 도토리를 다 주워야 하오. 그래야 나와 치치가 이번 겨울을 견딜 수 있소. 보시다시피 내가 덩치가 좀 크잖소."

"네...?!"

키키와 순임은 고민에 빠졌습니다. 숲속의 도토리를 다 주우려면 며칠은 걸릴 것 같았기 때문입니다.

순임이 키키에게 말했습니다.

"키키, 이렇게 되면 시간이 더 많이 허비돼. 차라리 우리가 뛰어가는 것이 빠를 것 같아."

"순임, 우리가 아무리 빨리 뛰어간다고 해도 너무 많은 시간이 걸릴 거야. 그사이 어린 코코와 튜튜에게 무슨 일이 생길지도 몰라."

"어떻게든 큰곰 바바와 치치를 설득해야 해."

"무슨 좋은 수가 없을까?"

꾸물거리는 키키와 순임을 본 바바와 치치가 잘라 말했습니다.

"도토리를 함께 주울 생각이 없으면 그만 가보겠소."

하고는 숲속 깊은 곳으로 방향을 바꾸어 갑니다.

바바와 치치가 저만큼 작아져 갑니다.

키키와 순임은 멀어져 가는 바바와 치치를 바라만 보고 있습니다.

❀ ❀ ❀

거래

"잠깐만요, 바바!"

키키가 바바에게로 달려갔습니다.
그러더니 키키는 예전에 연어에게서 받은 금화 한 잎
을 꺼내어 바바에게 보이며 말합니다.

"바바, 이거면 충분할까요?"

금화를 본 바바와 치치는 깜짝 놀랍니다.

"이럴 수가! 바바, 이 금화라면 아주 많은 도토리는 물론, 꿀과 다른 과일들도 듬뿍 살 수 있겠어." 금화야, 바바! 금화라고!

키키와 순임은 다시 자동차에 탑승했습니다. 바바가 힘을 주어 차를 뒤로 뺍니다. 그러고는 왔던 길 쪽으로 차의 방향을 돌려 잡은 후 차를 뒤에서 밀면서 달리기 시작합니다. 바바의 달리기 속도만큼 차가 앞으로 나갑니다.

순임이 말합니다.
"키키, 잘 될까?"

키키가 시동을 다시 걸어 봅니다.

"부르릉~"
드디어 시동이 걸렸습니다.
키키가 안도의 한숨을 쉬며 자동차를 다시 몰고 나아갑니다.

자동차가 다시 잘 달립니다. 키키가 백미러로 멀어져 가는 바바와 치치를 바라봅니다. 잘 가라는 듯 손을 흔들고 있습니다.

키키와 순임은 오던 길을 되돌아갑니다. 바다로 향할 때보다 더 빠른 속도로 자동차가 달립니다.

정신없이 운전하는 키키에게 순임이 물었습니다.
"키키, 그런데 말이야. 그 금화는 바닷가에 도달했을 때 배를 사려고 한 것이었잖아?"

"맞아, 순임. 나도 고민이 되었지만, 이렇게 하는 게 좋을 것 같아. 왜냐하면 차를 타고 바닷가로 한없이 달릴 때보다, 돌아가는 지금 내 마음이 더 좋아."

순임이 말했습니다.
"역시, 키키는 변함이 없네. 키키는 보물을 찾을 수 있을 거야! 나도 마음이 더 좋다."

키키가 순임에게 물었습니다.

"변함이 없다니, 그게 무슨 말이야?"

"아… 아냐. 키키는 반드시 보물을 찾을 수 있을 거라고."

키키와 순임은 전속력을 다해 왔던 길을 되돌아갔습니다. 드디어 일행들과 헤어진 위치까지 되돌아왔습니다. 날씨가 어둑어둑해지고 있습니다. 그런데 코코와 튜튜가 보이질 않습니다.

키키와 순임은 차에서 내려 이곳저곳을 살핍니다.
"코코~~~!"
"튜튜~~~!"

"아, 어떡하지? 우리가 너무 늦게 돌아온 것은 아닐까…?"

"코코~~~!"
"튜튜~~~!"

코코와 튜튜를 한창 찾고 있는데 저쪽에서 살랑살랑 바람이 불어옵니다.

순임이 큰 소리로 말했습니다.

"키키, 바람 부는 방향 쪽에서 튜튜의 향기가 나."

키키와 순임은 바람이 부는 쪽으로 달려갔습니다.

저쪽에서 코코가 달려옵니다. 튜튜도 여전히 코코의 머리 위에 함께 있습니다.

"키키~! 순임~!"

키키와 순임은 코코와 튜튜를 다시 만났습니다.

코코가 눈물을 터트렸습니다.

눈물방울이 뚝뚝 떨어집니다.

키키가 코코의 코를 잡으며 말했습니다.

"코코, 미안해. 내가 생각을 잘못한 것 같아. 저 자동차는 여기 두고 우리 다시 여행을 시작하자."

이 모습을 반대편 나무 위에서 몽몽과 뿡뿡이 바라보고 있습니다.

몽몽의 얼굴이 붉게 달아올랐습니다. 혼란스러운 표정을 지으며 혼잣말로 중얼거립니다.

"왜 키키는 금화까지 잃어가면서 다시 돌아온 것일까?"

뿡뿡이 이야기합니다.

"여태껏 몽몽의 술수에 넘어가지 않는 동물들이 없었는데… 몽몽, 키키는 멍청해. 손해 보면서 여행을 하는 것 같아."

몽몽이 생각에 잠깁니다.

"그나저나 보물 찾아가는 시간이 오히려 늘어나 버렸

어. 답답해 죽겠네. 어휴, 저 멍청한 코끼리가 계속 문제를 일으키는구먼."

"안 되겠다. 다시 한번 더 재벌 두두와 지지를 찾아가야겠어. 더 강력한 수를 써야겠어."

몽몽과 뿡뿡은 다시 재벌 두두와 지지에게로 갔습니다.

몽몽이 말했습니다.

"두두, 지지, 다시 한번 더 부탁이 있는데 이번에는 500골드를 나에게 빌려주시오. 조건은 저번과 같소. 3배로 돌려주겠소."

이 말을 들은 두두와 지지는 빌려 간 돈을 갚지도 않았는데 또다시 더 큰돈을 빌려 가냐며 인상을 찌푸렸습니다.

몽몽이 다시 말했습니다.

"워낙 엄청난 보물이라 이것저것 준비할 것들이 많소. 한 번만 더 나를 믿어 주시오. 부탁이오."

두두가 몽몽을 쏘아보며 말했습니다.

"그럼 이번에는 3배로는 부족하오. 보물을 발견하게 되면 5배로 나에게 갚아주시오."

몽몽은 하는 수 없이 두두의 과한 조건을 받아들이기로 하며 500골드를 빌렸습니다. 그리고 이번에는 그 돈으로 버스 한 대를 장만했습니다.

뿡뿡이 몽몽에게 물었습니다.

"몽몽, 웬 버스야? 이걸로 어쩌려고?"

"키키 일행의 여행이 자꾸만 늦어지고 있고, 저들을 따로 떨어트려 놓지 못할 바에 차라리 함께 빨리 가게 하는 게 나을 거 같아. 어차피 보물을 찾으면 두두에게 빌린 돈쯤은 별것 아니야. 우리는 시간이 없어. 빨리 보물을 찾아야 한다고."

뿡뿡이 걱정스러운 표정으로 말했습니다.

"몽몽, 그래도 이건 너무 무리하는 것 아닌가?"

"뽕뽕, 아까 키키가 반달곰에게 준 금화를 너도 똑똑히
봤지? 보물선을 발견한다면 저런 금화가 수백 배 수천 배
는 더 있을 거야. 틀림없어. 기회가 왔을 때 좀 무리가 따
르더라도 세게 밀어붙여야 한다고 생각해."

몽몽의 말에 그제야 뽕뽕도 어느 정도 일리가 있다고
생각했는지 고개를 끄덕거렸습니다.

몽몽은 버스를 몰고 키키 일행에게로 갔습니다. 그리
고 자동차를 선물했을 때처럼 친절하게 이야기합니다.

"음… 버스는 커서 일행분들 모두가 함께 여행을 할
수 있을 겁니다."
"여행가들의 멋진 모험에 찬사를 보냅니다."

"아니, 원숭이 님? 이번엔 이렇게 큰 버스를 왜…?"

키키의 질문에 아무런 대답도 하지 않고 몽몽과 뿅뿅은 나무 위로 재빠르게 올라가 버립니다.

"이봐요, 원숭이 님. 원숭이 님?

키키가 불러보지만 몽몽과 뿅뿅의 모습은 금세 사라져 버립니다.

이렇게 키키와 순임, 코코와 튜튜 모두가 큰 버스를 타고 바다를 향한 빠르고 편안한 여행을 할 수 있게 되었습니다. 운전대에 자리 잡은 키키 옆에서 순임이 말합니다.

"저 하얀 원숭이 몽몽은 참 대단한 사람 같아. 좀 이상하기도 하고."

큰 버스

키키가 고개를 돌려 뒤쪽 좌석에 앉아 있는 코코와 튜튜를 바라보다 다시 전방을 바라봅니다.

"그러게…. 뭐 아무튼 모두가 함께 편히 갈 수 있어서 다행이야."

코코와 튜튜가 버스 창가 쪽 벽에 몸을 딱 붙이고는 바깥 풍경들을 바라보고 있습니다. 나무들이 줄지어 옆으로 빠르게 지나가고 있습니다. 이 모습이 신기한지 한시도 눈을 뗄 줄 모릅니다. 버스가 숲속 길을 유유히 달립니다.

버스 지붕 위에는 몽몽과 뿡뿡도 몰래 숨어 키키 일행
과 함께 갑니다.

몽몽이 뿡뿡에게 말합니다.

"이렇게 버스 위에 숨어서 가니 힘들게 나무를 타며
미행을 안 해도 되고 나 역시 한결 편하군. 크크크…"

몽몽과 뿡뿡의 털이 바람에 날립니다. 버스 앞으로 끝
없는 길이 펼쳐져 있습니다. 키키 일행은 더욱 빠르게 여
행을 할 수 있게 되었지만, 여전히 바다로 가는 길은 멀고
도 멉니다.

6
———————

쌍둥이 부엉이 부부와 부부
———————

의문의 숲

순임이 버스의 창문을 열었습니다. 때마침 노란 나뭇잎 하나가 버스 안으로 날아 들어왔습니다.

"우아, 예쁘다. 이것 좀 봐. 노란색의 나뭇잎이야."

코코와 튜튜, 순임이 노란 잎을 함께 바라보며 좋아합니다.

온 세상이 점점 노란빛으로 물들고 있습니다. 울긋불긋 단풍이 들기 시작한 것입니다. 하늘은 높고 바람도 제

법 선선합니다. 키키가 운전하는 버스는 며칠을 달리고
또 달립니다.

어느덧 어린 코코도 훌쩍 자랐습니다. 몸집이 커버린
탓에 버스에 타고 내릴 때도 겨우 들어갔다 나왔다 합니
다. 이제 더 이상 아기 코끼리 코코가 아닙니다.

달리는 버스 앞으로 이번에는 드넓은 초원이 펼쳐집
니다.

나무가 한 그루도 없는 초원입니다.
풀들이 발목 높이만큼 자라 있습니다.

코코 위의 튜튜가 이야기합니다.
"와! 이런 곳에 무리 지어 살아도 좋겠다.
나무가 하나도 없어서 꽃들이 더욱 돋보이겠어."

코코가 초원을 바라보다가 갑자기 고개를 갸우뚱거리
더니 놀라는 표정을 짓습니다.

"튜튜, 이 초원을 자세히 보니까 나무들이 처음부터 없
었던 게 아닌 것 같아. 전부 다 밑동만 둥그렇게 남아 있
어. 그 주변에 풀들이 자라나서 잘 안 보일 뿐이야."

코코의 말을 들은 튜튜가 초원을 다시 한번 자세히 바
라봅니다.

"오, 정말이네. 풀들 사이로 나무의 밑동이 보여."

"아, 그런데 이렇게 엄청나게 많은 나무들을 누가 다 베어버린 걸까? 섬뜩하다."

"끝도 안 보이네. 정말 끝이 없어…."

키키와 순임도 넓은 초원을 바라봅니다. 자세히 보니 초원 전체가 전부 잘려 나간 나무의 밑동으로 가득합니다.

"순임, 무언가 적적한 느낌이야."

"그러게, 키키."

한참 초원을 달리는데 이번에는 저 앞으로 나무들이 잔뜩 모여 숲을 이루고 있는 곳이 보입니다. 길의 방향이 그곳을 향하고 있습니다.

키키가 속도를 조금 줄이며 모두에게 말합니다.

"승객, 여러분 잠시 후에 버스가 저 나무숲으로 들어갈 예정이에요."

순임이 운전하는 키키의 어때 위로 올라가 함께 앞쪽
의 나무숲을 바라봅니다.

"키키, 참 희한하기도 하다. 저곳만 유독 나무들이 베
어지지 않고 숲을 이루고 있다니… 무언가 특이해…."

"그러게, 순임. 무슨 일이 있었던 걸까?
어차피 길도 저 숲을 향하고 있으니 한번 가보자."

❀ ❀ ❀

해가 산 중턱에 걸터앉아있는 것이 보입니다. 어느덧
날이 제법 어둑어둑해지려고 합니다.

일행을 태운 버스가 마침내 나무숲 입구 쪽에 다다랐
습니다.

"어라…?"

키키가 무엇인가를 감지했는지 버스 속도를 확 줄입니다. 나무숲의 수많은 가지들을 더 가까이서 보니 여기저기 가시들이 돋아 있는 것이 보입니다. 나무들이 다 그렇습니다. 온통 가시나무로 이루어진 숲입니다.

순임이 키키의 어깨에서 몸을 움츠립니다.

"어휴~ 겁나. 저런 곳에 앉아 있으려면 찔리지 않도록 항상 신경을 곤두세워야겠어. 후들후들…"

가시나무숲 안쪽으로 꽤 깊은 곳까지 들어오자, 이번에는 길이 여기저기로 갈래가 나 있습니다. 키키가 갈림길을 하나씩 바라봅니다.

"어디로 가야 하는 걸까?"

잠깐을 고민한 키키는 제일 폭이 넓어 보이는 길 쪽으로 버스를 몰고 가봅니다. 그렇게 잠깐을 달리다 보니 이번에도 갈림길이 앞에 등장합니다. 그렇게 또 하나의 길을 선택해서 가보는데 또다시 갈림길이 등장합니다.

키키가 당황스러운 표정을 짓습니다.

"길을 잃어버린 것 같아. 복잡해서 어디로 가야 할지 모르겠어."
"마치 미로에 빠진 것 같아…."

주변이 온통 높은 가시나무로 가득해서 빛이 잘 들어오지 않습니다.
더군다나 해까지 거의 지려고 해서 더욱 어둑어둑합니다.
습기도 많아 버스 바닥 쪽으로 안개가 자욱합니다.
분위기마저 음산합니다.

기온도 점점 싸늘히 식어가는 것이 느껴집니다.

순간 버스가 울렁거리며 흔들립니다. 길 이곳저곳이 움푹 패어 있어 상태가 좋지 못한 것입니다. 키키의 이마에 땀방울이 고이며 운전대를 잡은 손에 힘이 들어갑니다. 아주 천천히 조심스럽게 앞을 향해 나아가고 있습니다.

일행들 역시 심상치 않은 분위기를 느끼고는 조용히 숨을 죽이고 있습니다.

순임이 유리창 밖을 살피더니 키키에게 조용히 말했습니다.

"키키 밖에서 무언가 알 수 없는 눈빛들이 우리를 계속 주시하고 있는 것 같아."

"정말 그런 것 같아. 한둘이 아닌 거 같아 아주 많은 눈빛들이 느껴져."

"강한 적대감이 느껴져…. 분노도 느껴지고…"

코코도 주시하는 눈빛들이 느껴지는지 튜튜의 화분을 머리에 위에서 내려 자신의 품에 꼭 안고는 창 아래로 자세를 낮춥니다.

깊은 가시나무 숲 속에서 버스가 길을 잃어버렸습니다. 해가 완전히 저물고 달빛마저 없어 주변이 너무나도 캄캄합니다.

키키는 두렵기도 하지만 한편으로 바깥에 무엇이 있는지 궁금해졌습니다.

"순임, 밖으로 한번 나가보는 건 어떨까?"

그 말을 들은 뒷좌석의 코코가 사색이 된 목소리로 조용히 소리칩니다.
"키키, 안 돼요! 나가지 않는 것이 좋을 것 같아요."

키키는 버스 앞 운전대의 레버를 당겨 가장 밝은 헤드

라이트를 켰습니다. 갑자기 전면 시야가 굉장히 밝아졌습니다. 순간 모두가 눈이 부셔서 동시에 눈을 찡그립니다. 키키가 천천히 실눈을 뜨면서 다시 앞쪽을 바라봅니다.

"앗~! 저것들은 뭐지?"

"아… 으악!"

모두가 깜짝 놀라며 동시에 소리쳤습니다.

눈앞에서 수백 개의 번뜩이는 눈동자들이 키키 일행을 노려보고 있습니다.
순임은 재빠르게 키키의 등 뒤로 숨어버립니다. 코코도 튜튜를 안고 몸을 파르르 떨고 있습니다.

키키는 눈부심이 좀 가라앉자 마음을 가다듬고 앞쪽을 찬찬히 살펴봅니다.

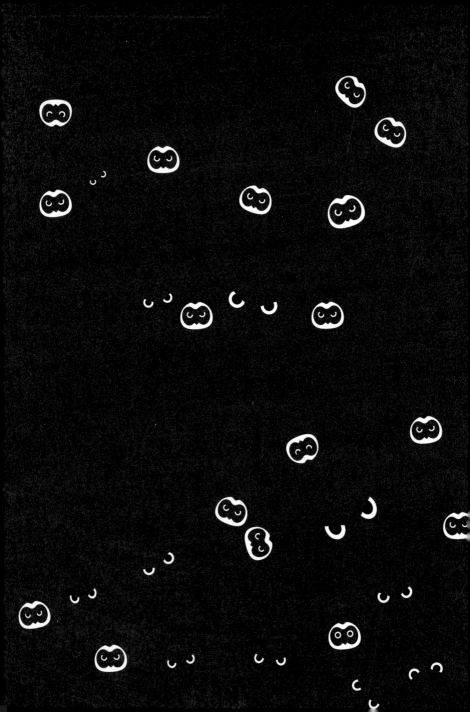

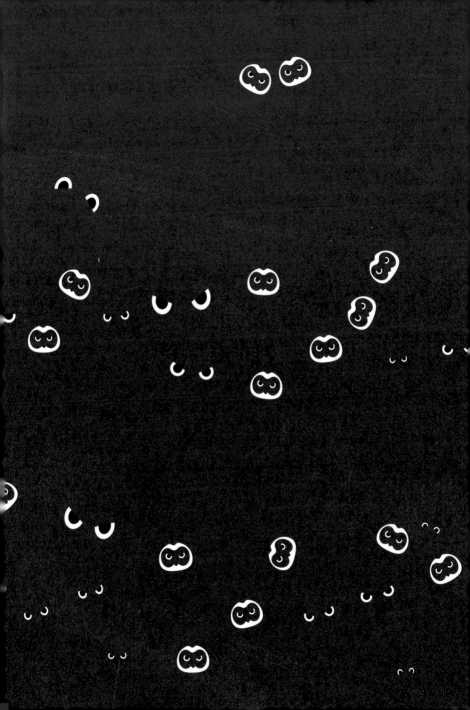

눈빛들의 정체는 바로 부엉이 무리였습니다.

수백 마리의 부엉이가 나무에 빼곡히 모여 앉아 일제히 키키 일행을 노려보고 있습니다. 버스 앞뒤 좌우, 모든 창가 바깥쪽에서 엄청난 수의 부엉이들이 동그랗게 눈을 뜨고 버스 안 일행들을 노려보고 있습니다. 그 눈빛에서 분노와 노여움이 느껴집니다.

일행들에게 공포가 느껴집니다. 식은땀이 흐릅니다.

키키가 혼잣말을 합니다.

'왜 이렇게 많은 부엉이들이 이 가시 숲속에 모여 있는 것일까?'
'이렇게 무섭게 분노에 차 우리를 노려보는 이유가 뭘까?'

"쾅! 쾅! 쾅! 쾅!" "쾅! 쾅! 쾅! 쾅!"

그때 갑자기 밖에서 버스의 출입문을 두드리는 소리가
났습니다.

코코와 튜튜는 순간 얼굴이 사색이 되어 버렸습니다.

"쾅! 쾅!" "쾅! 쾅!"

키키가 천천히 창문 쪽으로 갔습니다.

"누구시오?"

"쾅! 쾅! 쾅! 쾅!" "쾅! 쾅! 쾅! 쾅!"

밖에서는 아무런 대꾸도 하지 않은 채 계속해서 문을
두드립니다.

키키가 유리창에 얼굴을 딱 붙여서 밖을 보니, 가슴에
하얀 깃털이 달린 보라색 부엉이 두 마리가 계속해서 문
을 두드리고 있습니다. 자세히 보니 그 두 마리의 부엉이

는 쌍둥이인지 똑같이 생겼고 다른 부엉이들과 달리 눈을 크게 뜨고 키키 일행을 주시하고 있는 것이 아니라, 눈이 축 처져 작게 실눈을 뜨고 있습니다.

쌍둥이 부엉이가 동시에 소리쳤습니다.

"여보세요, 여러분! 우리를 이 버스에 태워주세요."
"부탁입니다."

코코가 말했습니다.
"키키, 열어주지 마요. 무서워요."

밖에서는 계속해서 문을 두드립니다.
"우리 쌍둥이 부엉이는 당신들에게 적대감이 없어요."
"제발 부탁이니 우리를 도와주세요."

키키는 쌍둥이 부엉이의 말투가 위협적이지 않음을 느꼈습니다. 어린 코코에게 다가가 진정시키고는 슬며시

문을 열었습니다. 부엉이 둘은 문이 다 열리기도 전에 버스 안으로 불쑥 들어왔습니다. 키키는 다른 부엉이들이 못 들어오도록 재빠르게 다시 문을 닫았습니다.

부엉이는 급하게 들어와서 바닥에 데굴데굴 구르더니 이내 균형을 잡고 몸을 한번 털었습니다. 나무의 가시 조각들이 바닥에 우르르 떨어졌습니다. 동시에 말을 꺼냅니다.

"아이고, 고마워요."

"우선 인사를 드리죠. 우리는 쌍둥이 부엉이 부부와 부부입니다. 생긴 것도 이름도 똑같아요. 그리고 이렇게 말도 항상 똑같이 동시에 합니다. 그래서 누가 누군지 아무도 구분 못하죠. 심지어 우리도 서로를 구분 못 한답니다."

부엉이들의 모습은 생각보다 귀여웠습니다.

이제야 코코와 튜튜도 안심합니다.

부부와 부부는 운전석 옆 선반 위로 올라가더니 동시에 이야기합니다.

"우선 이 미로 같은 숲속을 빠져나가야 합니다."
"우리 쌍둥이 부부와 부부는 위협적이지 않지만, 밖의 수많은 다른 부엉이들은, 그렇지 않아요. 여기 오래 머물러 있어서 좋을 게 없어요."

"저들은 이 숲속에 들어오는 모든 것들을 경멸하고 증오하고 있죠."

키키가 부부와 부부를 바라보며 말을 꺼냅니다.

"하지만 우리는 이곳에서 길을 잃어버렸어요. 도무지 나가는 길을 알 수가 없다고요."

"그거라면 걱정하지 마세요. 이 가시나무 숲속의 길쯤은 눈을 감고도 알 수가 있어요."

키키는 서둘러 운전대에 자세를 바로 하고는 쌍둥이 부엉이의 안내를 받으며 버스를 몰기 시작합니다. 빠른 속도로 움직이기 시작하는 버스를 보고 숲속의 부엉이들은 더 큰 소리로 마구 울어댑니다.

"부~~~엉" "부~~~엉" "부~~~엉"
"부~~엉" "부~엉"

"부~~~엉"

"부~엉"

그렇게 안내를 받으며 한참을 달리다 보니 어느새 새
벽 동이 트려는지 가시나무숲의 작은 틈 사이로 가느다
란 빛이 새어 나오기 시작합니다.

길가 앞쪽으로 유난히 크고 밝은 빛줄기가 들어오는
것이 보입니다.

"바로 저곳이에요. 저기만 지나면 이곳을 나갈 수가 있
어요."

드디어 출구에 다다른 것입니다. 숲속을 빠져나온 키키
는 이제 안심이 되어 쌍둥이 부엉이에게 질문을 합니다.

"저 가시나무 숲은 어떻게 저렇게 된 거죠?"

"그건 말이죠…. 흑…"

두 쌍둥이 부엉이가 동시에 훌쩍거립니다.

그리고 이야기를 시작하려 합니다. 순임과 코코, 튜튜, 모두가 부부와 부부의 대답을 궁금해하는 표정입니다.

"실은… 이야기하자면 길어요"

"몇 해 전의 일이었죠."

가시나무 숲의 사연

　　버스 뒷 유리창으로 가시나무숲이 멀어져 이제는 작게 보입니다. 부부와 부부가 이번에는 동시에 창가 밖 조금 떨어진 곳의 호수를 가리킵니다. 호숫가 주변 역시도 수많은 나무들이 다 베어져 있고 밑동만 남은 모습이 보입니다.

　　"저기 호수가 보이죠?
　　원래 저 호수 주변은 과일나무들이 무성한 아름다운 곳이었어요. 아니, 호수 주변뿐 아니라 이곳 전체가 예전엔 이런 흉측한 초원이 아닌 정말 아름다운 숲이었죠."

"아주 오래전부터 우리 부엉이 무리들은 이곳에서 다른 동물 친구들과 사이좋게 살고 있었어요. 처음에는 동물 친구들 숫자도 많지 않았고 부엉이들도 고작 10여 마리 정도밖에 없었어요. 한적하고 평화로운 곳이었죠. 모두가 사이좋게 오순도순 살고 있었어요."

"호숫가 주변은 땅이 비옥하여 나무에 과일들이 풍성하게 열리고, 꽃들이 아름답게 피어났고, 호수 안에는 물고기들이 넘쳐났어요. 그야말로 동물들이 살아가기 좋은 곳이었어요. 어떠한 숲도 이보다 더 좋을 수가 없을 거예요."

키키와 순임이 이해가 잘 가지 않는 듯 모호한 표정을 짓습니다.

"그런데 어쩌다 이렇게 된 것이죠?"

"아… 그게 말이죠. 어느 날부터인가 이곳이 살기 좋다는 소문이 퍼지자 이 숲 저 숲의 여러 동물들과 특히 수많은 부엉이 떼들이 이곳으로 찾아와서 자리를 잡고 살기 시작했어요. 그러자 순식간에 숲속은 매우 복잡한 곳이 되었어요. 시끌시끌해졌죠."

"그러면 오히려 잘 된 것이 아닌가요?"

"아니, 문제는 바로 그때부터 시작되었어요."
"낮에 활동하는 새, 토끼, 얼룩말, 개, 멧돼지, 닭, 사슴, 기린 등의 주행성 동물들과 저희같이 밤에 활동하는 야행성 부엉이들 간의 다툼이 일어난 거예요"

키키가 다시 물었습니다.
"아니, 활동하고 잠자는 시간이 다른 것이 다툼의 이유가 될 수 있나요?"

부부와 부부가 계속 이야기를 이어 갑니다.
"낮 동물들이 활동하는 밝은 일과 시간에는 우리 야행성 부엉이들이 잠을 자야 하는데 동물들의 숫자가 너무 많아지다 보니 시끄러워서 제대로 잠을 잘 수가 없었어요. 그래서 숙면하지 못하고 항상 스트레스를 받아야 했어요."

"반대로 야행성인 부엉이들이 활동하는 밤에는 수많은 부엉이들의 수다와 우는 소리에 낮 동물들이 제대로 잠을 잘 수가 없었어요."

"예전에는 소수의 동물들과 부엉이들만 살아서 공간이 넓었기 때문에 이것은 그다지 큰 문제가 아니었어요. 잠자는 시간에만 좀 떨어져서 지내면 됐으니까요. 하지만 수많은 동물들과 부엉이들이 이곳에 모여 살게 되면서 공간이 부족해지자 이러한 문제들이 생겨난 것이죠."

"이러한 날들은 지속되었어요. 주행성 동물들과 야행성인 부엉이들이 서로의 불만을 토로하자 곧 다툼이 시작되고, 한쪽이 이 숲을 떠나기를 서로 요구했어요. 하지만 이 풍족한 숲을 어느 쪽도 떠나려고 하지 않았어요."

"급기야 서로를 미워하기 시작했고, 주행성 동물들은

야행성 부엉이들이 자는 밝은 낮에 들으라는 듯이 춤을
추고 음악회를 열며 소란을 피우면서, 싫으면 너희가 나
가란 듯이 함성을 질러댔어요."

키키가 다시 물었습니다.
"그래서 부엉이들이 숲을 떠나기로 했나요?"

"아니요, 그렇지 않아요. 부엉이들도 낮 동물들이 잠든
밤이면 지지 않으려고 더 큰 소리로 노래를 부르고 이곳저
곳 나무를 번갈아 뛰어다니면서 마구 산만하게 했어요."

"낮에는 주행성 동물들이 떠들고 밤에는 야행성 부엉
이들이 떠들고 숲속은 밤낮없이 시끄러운 소리로 가득했
어요. 어느 한쪽도 지지 않으려고 몇 날 며칠을 계속 이렇
게 떠들어댔죠."

"낮에도 밤에도 그 누구도 잠을 잘 수가 없었어요."
"어휴~ 다들 정신이 나간 것이죠."

"이렇게 해서 세상에서 가장 시끄러운 숲이 되어버렸죠."

"그래서 결국 어떻게 되었어요?"

"이렇게 몇 날 며칠을 떠들어 아무도 잠을 못 자게 되니까 다들 지쳐버렸어요. 주행성 동물들과 야행성 부엉이들 모두에게 졸음이 밀려왔어요. 결국 이번에는 모두가 일제히 잠들어 버렸어요. 이렇게 또 며칠간 아무도 일어나지 못하고 잠을 잤어요.
"이번에는 세상에서 가장 조용한 숲이 되어버렸어요."

"며칠 뒤 모두가 잠에서 깨어났지만, 이 지독한 싸움은 또다시 반복되었어요. 며칠간 너무나도 시끄럽다가, 또 며칠간은 너무 조용하다가…"
"참으로 웃기는 싸움이 되어 버린 것이죠."

"결국 화가 끝까지 치민 주행성 동물들은 부엉이들이

살지 못하도록 이 숲속의 모든 나무를 톱으로 다 베어버
렸어요."

"부엉이들은 울면서 다른 나무를 찾아야만 했어요."
"그런데 보통의 나무들은 다 베어져 버렸고, 남아 있는
나무들은 애석하게도 조금 전 우리가 지나온 가시나무들
밖에 없었죠."
"부엉이들은 이러한 환경이 싫었지만, 나무가 없으면
살아갈 수가 없으니 방법이 없었어요. 가시나무 숲에서
라도 울며 겨자 먹기로 살아가는 수밖에요…"

"그때부터 부엉이들의 신경은 매우 예민해졌고, 세상
의 모든 동물들에게 적대감을 가지게 되었어요."
"누군가가 저 숲에 들어오면 또 나무를 베어 버릴까
봐 무서운 눈초리로 노려봐요."
"참으로 안타까운 일이죠."

"그런데 그보다 더 안타까운 일은, 이곳이 너무나도 황

폐한 곳이 되어 버린 거예요. 과일도 자랄 수 없고, 바람도 눈도 비도 피할 수 없게 되었어요. 결국 부엉이를 쫓아내고 승리한 다른 모든 동물들도 더는 살 수 없어 모두 이곳을 떠나버렸어요. 이렇게 남아 있는 동물들이 하나도 없게 된 것이에요. 쯧쯧쯧"

부부와 부부의 얼굴에는 참담함이 가득했습니다.

키키는 궁금해서 또 물었습니다.
"그런데 부엉이들도 저 숲을 떠나서 다른 좋은 곳으로 떠나면 되잖아요. 저렇게 불편한 가시나무 위에서 어떻게 살 수가 있어요?"

부부와 부부는 한숨을 쉬며 다시 동시에 말을 이어 갑니다.
"휴~ 저희 둘이 그렇게 하자고 다른 부엉이들을 설득해 보았습니다. 그런데 아무도 말을 듣지 않아요."

"아직도 이곳에서 자신들은 나가면 안 된다고 생각하고 있어요. 그렇게 되면 주행성 동물들에게 지게 되는 거라고 끝까지 고집을 피우고 있는 거예요."

"싸움이 지속되다 보니 서로 지기 싫은 겁니다."

부부와 부부는 슬픔을 삼키며 키키와 일행들에게 호소했습니다.

"이봐요, 여러분들."

"당신들이 어디로 가는지는 모르겠지만 우리도 데려가 주세요."

"우리 부부와 부부는 저 가시나무 숲이 싫어요."

"다른 부엉이들과 눈을 안 마주치고 살다 보니 이제는 이렇게 눈이 작아져 버렸어요."

"저곳에는 사랑과 인정이 없어요. 상처만 가득해요."

"어디로 가든 좋아요. 저 가시 숲을 멀리 떠날 수만 있으면 돼요."

키키와 일행들은 안타까워하며 바라봅니다.

키키가 말했습니다.

"우리는 보물선을 찾으러 바다로 가는 중이에요. 저 넓은 바다에서 큰 하얀 고래를 만난다면 고래가 삼킨 엄청난 보물들도 함께 발견할 수가 있을 거예요."

부부와 부부는 맞장구를 칩니다.
"오~ 보물선이라 멋지군요. 당신은 멋진 탐험가군요. 이런 모험을 할 수 있다니 부럽군요. 꼭 그 꿈을 이루길 바랍니다."

부부와 부부가 키키 일행들 모두가 잘 볼 수 있도록 의자 위에 자리 잡았습니다.

"자, 여러분 저희를 한번 보세요."

부부와 부부가 처지고 작은 눈에 힘을 주기 시작하니 갑자기 눈이 제법 크고 동그래졌습니다. 눈빛 또한 선명해 보입니다. 몇 번을 깜빡거리며 키키 일행을 바라봅니다.

"우리는 밤눈이 밝아서 분명히 여러분의 여행에 도움이 될 거예요!"

이렇게 해서 부엉이 친구 부부와 부부도 함께 여행을 떠나게 되었습니다.

버스 위에는 여전히 몽몽과 뿅뿅이 올라타 있습니다. 몽몽이 자기 몸에 붙은 가시들을 털어냅니다.

"휴~ 아까 그 가시나무 숲은 정말이지 너무 무서웠어. 뿅뿅은 괜찮은 거야?"

뿅뿅도 자기 꼬리에 걸린 가시 조각 하나를 빼내며 말합니다.
"사실, 나도 너무 무서웠어. 두 번 다시 돌아가고 싶지 않아."

"그나저나 저 두 부엉이 녀석들은 미련한 코끼리와 달리 꽤 쓸모는 있을 거 같아. 밤눈이 밝다고 하잖아. 킥킥킥…"

7

길 잃은 새끼 고양이 네 마리

겨울

가을이 가려고 합니다. 이제는 해가 많이 짧아진 것이 느껴집니다. 겨울이 시작되려고 하는 것입니다. 이전보다 어둠이 한층 더 빠르게 찾아오고 있지만 부부와 부부가 운전하는 키키의 앞길을 봐주고 있어 여행이 한결 수월합니다.

버스가 가벼운 경사길을 올라가고 있습니다. 길 상태가 좋지 못해 버스 안이 울렁거립니다. 코코가 코끝으로 튜튜의 화분을 집어 들고 흙이 쏟아지지 않도록 균형을 잡고 있습니다. 몸집이 꽤 커진 코코는 이제는 코끝으로

도 화분을 집어들 수 있게 있게 됐습니다.

그렇게 조금을 더 가다 보니 이번에는 거대한 산이 눈 앞에 등장합니다. 산 중심으로 이어진 길이 좁아 더 이상 버스가 진입할 수 없어 보입니다. 더군다나 이제는 해도 거의 저물어 다른 길을 찾기도 어려워졌습니다.

깊은 어둠이 점점 더 빠르게 몰려오고 있습니다.

키키는 산 초입에 버스를 세우며 이야기합니다.

"순임, 오늘은 여기서 쉬고 내일 날이 밝으면 주변 상황을 다시 살펴보고 출발하자."

"그래 키키, 그게 좋을 것 같아. 어휴~ 더 이상 속이 울렁거려서도 못 갈 것 같아."

답답해진 순임이 창문을 열었습니다.

그때 하늘에서 작고 하얀 눈이 살포시 내리기 시작합니다.

"와~ 눈이다, 눈!"
일행들이 창가에 붙어서 내리는 눈을 바라봅니다.
눈송이는 점점 커지고 점점 많이 오기 시작합니다.

키키는 앞길이 막혀 답답했지만 그래도 예쁜 눈을 보니 기분이 좀 좋아졌습니다. 키키는 휴식을 취하기 위해 버스 뒤 넓은 자리로 가 몸을 축 늘어뜨리며 편하게 기댑니다.

키키가 창밖 보름달 아래의 거대하고 컴컴한 산을 한참 바라봅니다. 무엇이 있는지 도무지 알 수가 없습니다.
순임이 옆으로 다가와 함께 산을 바라봅니다.
"키키, 저 큰 산만 넘으면 이제 곧 바다가 나타날 것 같아."

"오~ 정말? 근데 순임은 어떻게 벌써 그런 걸 알 수가 있어?"

"어… 그건, 음…"

순임이 무언가를 잠깐 생각하더니 다시 말을 이어갑니다.

"새들은 원래부터 방향 감각이 뛰어나거든."

"야옹~"

그때 밖에서 고양이가 우는 소리가 들려옵니다.
"야옹~" "야옹야옹"

계속해서 들려옵니다.
"야옹야옹" "야옹야옹 야옹야옹"

이 소리를 들은 부부와 부부가 버스 밖으로 나갑니다.

"야옹~" "야옹~"
그런데 울음소리만 계속 들리고 고양이들이 보이지는 않습니다.
부부와 부부가 여기저기 살피다 동시에 이야기합니다.

"어라, 이상하다. 분명 가까이서 들리는데…"

부부와 부부가 저만치 갔다가 고양이가 보이지 않아 다시 버스로 돌아가기 위해 몸을 돌립니다. 그렇게 버스 가까이 왔을 때 부부와 부부는 무언가 낌새를 느끼고 버스 아래쪽을 살펴봅니다.

"야옹~"

바로 그곳에 새끼 고양이 4마리가 숨어 있습니다. 어찌나 몸이 작은지. 병아리보다 더 작아 보입니다. 추워서 서로에게 몸을 딱 붙이고 있습니다. 부부와 부부가 미소를 짓습니다.

'아, 요 녀석들 눈이 와서 따뜻한 버스 밑으로 숨어 들어온 거로구나.'

부부와 부부는 새끼 고양이 4마리를 데리고 버스 안으로 들어갔습니다.

고양이 머리 위에 눈이 소복이 쌓여있습니다.

서로 몸을 부비며 추위에 바들바들 떨고 있습니다.

"야옹~" "야옹야옹" "야옹야옹 야옹야옹" "야옹야옹 야옹야옹"

계속해서 울어댑니다.

부부와 부부는 자신들의 날개를 펴서 고양이들을 감싸 안습니다.

고양이들은 울음을 그치더니 평온한 표정으로 스르륵 잠이 들어 버립니다.

키키와 순임도 귀여워하며 그 모습을 지켜보고 있습니다.

눈발이 차츰차츰 굵어져 갑니다. 밤은 더욱 고요하게 깊어만 갑니다.

키키와 순임, 코코, 튜튜도 잠이 들었습니다.

다음 날 아침 하늘이 맑게 개었습니다. 밤새 가득 쌓인 눈은 버스 바퀴를 덮을 만큼 바퀴를 덮었고 온 세상은 하얗게 변해 있습니다. 눈에 반사된 햇살이 창가로 들어와 모두의 잠을 깨웁니다.

키키는 새끼 고양이들에게 물었습니다.
"얘들아, 너희들은 어디에서 왔어? 집이 어디야?"

첫 번째 고양이가 말했습니다.
"모르겠어요."

두 번째 고양이가 말했습니다.
"길을 잃어버린 것 같아요."

키키가 다시 물었습니다.
"그럼, 이름은 뭐야?"

세 번째 고양이가 말했습니다.
"이름도 모르겠어요. 그냥 어느 순간부터 우리는 길바
닥에 있었어요."

네 번째 고양이가 말했습니다.
"엄마가 보고 싶은데 엄마가 누군지도 모르겠어요. 야
옹. 흑…"

이 말을 들은 다른 고양이들도 슬퍼서 크게 울기 시작
합니다.
"야옹~" "야옹야옹" "야옹야옹" "야옹야옹 야옹야옹"
"흑…흑"

버스 안이 시끄러워졌습니다.

부부와 부부가 고양이들을 달래기 시작합니다. 그래도 계속해서 울음이 그치지 않자 진정시키려고 볼링공처럼 몸을 움츠려 바닥을 데구루루 굴러 봅니다. 그러다가 부부와 부부가 서로 이마를 "꽝" 부딪쳤습니다.

아기 고양이들은 그 모습이 웃겼는지 금세 울음을 멈추고 "깔깔 깔깔" 웃습니다. 아기 고양이들은 부부와 부부가 좋아지기 시작했습니다.

키키가 순임과 함께 버스 밖으로 나가기 위해 문을 열

어보는데 쌓인 눈 때문에 쉽게 열리지 않습니다. 키키가 창문을 열어 밖으로 나갑니다.

버스 앞쪽으로 큰 산이 가로막혀 있습니다. 눈이 너무 많이 온 탓에 길이 어디로 이어져 있는지 알 수가 없었습니다. 키키가 쌓인 눈들을 비집고 나아가서는 산 위로 조심조심 올라가 보는데 쉽지 않습니다.

조금을 올라간 키키가 뒤를 돌아 아래쪽의 풍경 여기저기를 살펴봅니다.

"휴~~"

키키가 걱정스러운 표정으로 순임을 바라봅니다.

"순임, 이제 버스로는 갈 수가 없을 것 같아. 큰길이 없어."
"그러게 키키. 버스로 이동하는 건 더는 무리야. 거기다 눈이 너무 쌓여 산을 걸어서 넘어가기도 힘들겠다."

키키가 다시 산 정상 쪽을 바라봅니다.

"여행이 힘들어지겠어."

저쪽에서 코코가 눈을 치우고 있습니다. 이제 코코의
몸집이 꽤 커지고 힘도 세졌습니다. 눈을 잘도 치워냅니
다. 코코의 등 위에는 아기 고양이 네 마리가 올라타 있습
니다. 코코가 여기저기를 뛰어다녀서 고양이들은 신이
난 표정입니다. 늦은 밤을 지새운 부부와 부부는 차 안 의
자 밑에서 꾸벅꾸벅 졸고 있습니다.

키키는 순임과 함께 계속해서 주변을 돌아보며 상황을
살피고 있습니다. 어떻게든 여행을 계속 이어 나갈 방법
을 고민하는 것입니다. 하지만 키키는 겨울이 지나 눈이
다 녹을 때까지는 여행을 계속하는 것이 무리일 거라는
생각을 합니다.

키키가 다시 버스 안으로 들어가서 일행들에게 말했습니다.

"더 이상 바다로 갈 수가 없어. 아무래도 봄이 찾아올 때까지 당분간은 여기서 지내야 할 것 같아. 불쌍한 새끼 고양이들도 우리가 보살피자. 이 추운 겨울에 밖으로 돌려보낸다면 얼어 죽을지도 몰라."

일행들은 온통 눈으로 덮인 큰 산 아래에 정착하기로 했습니다.

몰래 숨어있던 몽몽과 뿡뿡도 키키 일행들의 계획을 몰래 엿듣고는 근방의 작은 동굴로 추위를 피하기 위해 이동했습니다. 몽몽이 말했습니다.

"에취~ 뿡뿡. 더 이상 추워서 안 되겠다. 겨울이 지나고 나면 다시 따라붙기로 하자."

이렇게 해서 키키와 순임의 여행은 당분간 중단이 되었습니다.

그날 밤도 또다시 눈이 펑펑 쏟아졌습니다. 겨울은 점점 깊어만 갑니다.

키키는 버스 안에서 겨울을 지내는 동안 꿈에서 발견한 보물선에 관한 이야기를 일행들에게 들려주었습니다. 바다에서 거대한 하얀 고래를 발견하게 된다면 분명 그 뱃속에 엄청난 보물선이 숨겨져 있을 거라고 이야기했습니다. 코코와 튜튜, 부부와 부부 그리고 새끼 고양이들은 키키의 이야기를 항상 호기심 있게 들었습니다.

추운 겨울날은 이렇게 하루하루가 흘러갑니다. 마른 가지들 사이 푸른 잎사귀 하나 보이지 않아 온 세상이 쓸쓸해 보였지만 일행들이 함께하고 있는 버스 안은 항상 온기로 가득합니다.

헤어짐

다시 봄이 찾아왔습니다.

여기저기서 '졸졸졸' 물 흐르는 소리가 들려옵니다. 온 세상을 뒤덮었던 하얀 눈이 녹기 시작한 것입니다.

튜튜가 창가로 들어오는 햇살을 바라보며 제일 먼저 봄을 맞이합니다.

"이야, 따사로워~!"

며칠 후 비가 내리기 시작합니다. 쌓인 눈들이 비에 녹아 씻겨 내려가며 바닥이 드러납니다. 또 며칠이 지나자 새싹들이 돋아납니다. 그리고 아름다운 봄꽃들도 여기저기서 피어나기 시작합니다. 날씨가 많이 포근해졌습니다.

새끼 고양이 4마리가 기분이 좋아 밖에서 뛰어놀고 있습니다. 때마침 나비 4마리가 사뿐히 날아들고, 고양이들은 신기한지 나비를 쫓아다니며 함께 놀고 있습니다. 나비들은 고양이 몸에 앉았다 다시 날기를 반복합니다.

순임도 날씨가 따뜻해지자 겨우내 움츠렸던 몸을 펼쳐보며 하늘로 날아봅니다. 매우 높은 곳까지 순임은 계속해서 날갯짓을 합니다.

날아오른 순임을 바라보던 키키가 크게 소리칩니다.
"순임, 뭐가 보여?"

하늘 저 높은 곳에서 순임이 키키에게 외칩니다.

"키키! 키키! 바다가 보여~!

순임이 급하게 아래로 다시 내려와 키키의 바로 앞에서 날개를 퍼덕이며 이야기합니다.

"키키, 이 산만 넘으면 바닷가야!"

"정말이야, 순임?"

키키는 신이 나서 순임에게 되물었습니다.
"와! 드디어 바다다, 바다~!"
키키는 다시 시작할 여행에 몸과 마음이 분주해졌습니다.

코코와 튜튜도 곧 바다로 갈 수 있다는 생각에 마음이 들떠 있습니다. 이제 코코의 몸집은 너무 커져서 버스의 출입문을 빠져나가는 일이 여간 어렵지 않습니다. 코코가 어렵게 나가면서 문 쪽이 찌그러졌습니다.

키키의 일행들을 향한 목소리가 활기차게 느껴집니다.

"자, 이제부터 우리는 저 산을 넘어 바다로 다시 떠나요. 꿈에 그리던 보물선이 드디어 가까워지고 있어요."

부부와 부부가 키키 앞으로 다가갔습니다. 키키는 부부와 부부의 한쪽 날개를 잡으며 말합니다.

"보물을 발견하면 우리 함께 행복하게 살아요."

그런데 부부와 부부는 키키의 말에 별 미동이 없이 고개를 살며시 가로젓습니다. 곧 저 뒤에서 새끼 고양이 네 마리도 다가오더니 부부와 부부 옆에 붙습니다.

그러고는 키키에게 다 같이 머리를 숙여 꾸벅 인사를 합니다.

"키키, 우리 부부와 부부, 그리고 여기 새끼 고양이들은 이곳에 남겠어요. 우리를 가시나무 숲에서 데리고 나와서 여기까지 함께해 주어서 너무나도 감사합니다. 우리 부부와 부부는 굳이 보물을 발견하지 않아도 지금 충분히 행복합니다. 이곳의 환경은 매우 좋아요. 봄이 되니 더욱 그러네요. 꽃들도 피어나고요. 산과 들도 매우 아름답습니다. 거기다 여기 이렇게 귀여운 새끼 고양이 친구들까지 함께해 부부와 부부는 너무 좋아요. 고양이들도 우리가 있어 무서워하지 않고요. 가족이 생긴 것 같아요."

부부의 말을 들은 키키는 잠깐 혼자 생각에 빠졌습니다.
'저 산만 넘으면 바다고 그러면 곧 보물을 찾을 텐데… 여기에 머무르는 이유가 뭘까?'

부부와 부부는 이야기를 이어 갔습니다.
"그리고 키키, 한 가지 부탁이 있어요."
"저기… 여기에 버스를 놔두고 떠나면 안 될까요? 우리들의 집으로 쓰면 좋을 것 같아요."

키키는 잠깐 생각하다가 곧 입을 열었습니다.

"그럼 아쉽지만, 순임과 나 그리고 코코와 튜튜는 바다로 계속해서 갈게요."

"어차피 길이 없어서 버스는 이제 필요 없게 되었어요. 거기다 코코도 너무 커버려서 버스에 탈 수도 없고요."

순임이 키키의 어깨 위에 올라갑니다. 코코도 튜튜를 머리에 올린 채 키키 옆으로 이동해 함께 서 있습니다. 일행은 모두 앞쪽의 거대한 산을 바라보다 마지막으로 몸을 돌려 여기서 머무를 인연들에 인사를 합니다.

"부부와 부부, 새끼 고양이들을 돌보며 여기서 행복하게 사세요."

"나중에 기회가 되면 다시 만나요. 모두들 안녕~!"

부부와 부부, 새끼 고양이 네 마리가 키키 일행에게 잘 가라며 손을 흔듭니다. 나비 4마리도 새끼 고양이 주위에서 함께 날개를 펄럭입니다.

"안녕~~!"

순임이 낮고 가볍게 날아 산 쪽으로 제일 먼저 향합니다. 키키도 곧 출발합니다. 코코와 튜튜도 기대하는 마음으로 따라갑니다. 발걸음이 가볍습니다.

드디어 산행이 시작되었습니다. 조금 높은 곳으로 올라가니 경사가 점점 가팔라지는 것이 느껴집니다. 코코가 고개를 들어 위쪽을 바라봅니다. 가까이서 바라본 산은 더욱 높고 거대해 보입니다. 서서히 숨이 차오릅니다.

문득, 코코가 키키에게 물었습니다.

"키키, 그런데 이렇게 끝없는 바다 한가운데로 보물선을 찾으러 가는 모험이 좀 무모하다고 생각한 적은 없어?"

코코는 키키의 표정을 가만히 살펴보다가 미소를 머금으며 대답합니다.

"바다는 너무나도 넓고 광활할 거야. 보물선에 대한 작은 단서 하나를 찾기도 어려울 수 있어. 누가 봐도 무모해 보일 수 있겠지. 하지만 코코, 나는… 아무것도 하지 않는다면 아무 일도 일어나지 않는다고 생각해."

일행은 산을 오르고 올라 어느덧 중턱쯤에 다다르게 되었습니다. 코코와 튜튜는 나무 밑에 자리를 잡아 휴식을 취하고 있고, 키키는 절벽 쪽의 작은 바위에 앉아 땀을 닦으며 아래를 내려다보고 있습니다. 순임도 나란히 앉아 함께 내려다봅니다.

저 아래쪽으로 자신이 두고 온 버스가 매우 작게 보입니다.

새끼 고양이들은 무엇이 그리 신나는지 나비들과 함께

뛰어다닙니다.

부부와 부부가 버스 지붕 위로 점프하듯 날아 올라가 이런 고양이들을 지켜봅니다.

한참을 바라보던 키키가 순임에게 물었습니다.
"그런데 순임, 저들이 왜 보물선을 찾으러 함께 가지 않는지 나는 이해가 잘 안돼…"

순임이 아래의 모습들을 물끄러미 바라보다 말합니다.
"글쎄… 근데 키키, 저들은 지금도 충분히 좋아 보이는 것 같아."

키키와 순임 코코와 튜튜는 잠시 후 산을 오르기 시작했습니다.
숨이 더욱 차올랐지만 그래도 바다가 가까워지고 있어 마음은 더 설레어 옵니다.

일행들 뒤쪽으로 큰 나무의 가지가 흔들립니다. 그 나무

위, 언제부터 등장했는지 모르지만, 다시 나타난 몽몽과 뿡
뿡이 조용히 키키 일행들을 따라붙기 시작합니다.

<키키와 순임의 대모험(上) END>

The Great adventure of Kiki and Soonim

키키와 순임의 대모험(上)

초판인쇄	2022년 12월 16일
초판발행	2022년 12월 23일

글/그림	김일동
발행인	조현수
펴낸곳	도서출판 프로방스
기획	김서진, 스페이스알파아트랩, 조용재
마케팅	최관호, 최문섭
교열 · 교정	이승득

주소	경기도 고양시 일산동구 백석2동 1301-2
	넥스빌오피스텔 704호
전화	031-925-5366~7
팩스	031-925-5368
이메일	provence70@naver.com
등록번호	제2016-000126호
등록	2016년 06월 23일

정가 17,000원

ISBN 979-11-6480-277-7 (03810)